산책 좋아하세요?

산책 좋아하세요? do you like it?

글·그림 김혜림

DO YOU LIKE WALK

카멜북스는 빨간 날 읽고 싶은 책을 만듭니다.

여러분에게 빨간 날은 어떤 의미인가요? 카멜북스는 빨간 날을 '좋아하는 일을 할 수 있는 날'로 생각했습니다. 미뤄 두었던 책을 읽고 그림도 그리고 생각만 하고 있던 새로운 취미를 시작할 수 있는 날, 오롯이 나를 위해 시간을 보내는 날 말이에요.

빨간 날에는 좋아하는 일을 합니다. 그래서 카멜북스는 빨간 날에 즐기고 싶은 취미와 취향에 관해 이야기하는 책을 시리즈로 엮어 보기로 했습니다. 분야에 상관없이, 나의 세계를 이루는 어떤 것에 대해 즐겁게 들여다보고자 합니다.

'좋아하세요?' 시리즈는 카멜북스의 여러 자아 중 하나가 이끌어 갑니다. 하나의 자아이자 우리의 얼굴이 되어 줄 제3의 팀원과 함께 모두의 빨간 날을 풍요롭게 채우는 책을 만들겠습니다.

카멜북스가 준비한 빨간 날의 세계로 여러분을 초대합니다.

walk
do you like it?

✻ **For your holiday** ✻

Prologue

내 안의 편린을 하나하나 꺼내어 마주하고 다시 담으며 오래된 기억의 연쇄 속에서 몇 달을 보냈다. 산책길에서 나는 희미했다가 또렷했다가 비로소 온전해졌다.

거세게 불어오는 바람 탓에 걸음을 멈추고 잠시 옆으로 비켜서야 했다. 그대로 얼마나 있어야 할지 몰라 우두커니 서서 길게 호흡했다. 숨을 고르자 새로운 길이 나타났다. 그 끝에 무엇이 있는지 알 수 없고, 나는 그저 한 걸음 한 걸음 내딛는다. 내가 할 수 있는 것은 그뿐이니까. 그렇게 걸으면 내 안의 나를 만날 수 있다. 내 앞에 놓인 세상을 마주할 수 있다. 어떤 문제는 시간이 흐르면서 자연히 해결되기도 한다.

여기 모인 글은 초록으로, 밤으로, 시간으로 걸으며 나를 찾아갔던 여정의 기록이다. 유일하게 기댈 수 있었던 것이 산책이라 다행이다. 이제는 내게 불어오는 바람이 다정하다. 고독을 마주할 용기가 필요한 누군가에게 닿기를, 걷는 기쁨을 더 많은 사람들이 알게 되기를 희원한다.

walk
do you like it?

CONTENTS

'시간으로' 산책

'초록으로' 산책

팔레트 안 초록

어릴 때는 나무 그리는 것을 좋아했다. 큰 기둥을 세우고 그 위로 마음 가는 대로 두 갈래 세 갈래 뻗은 작은 기둥을 추가한다. 무성하게 우거진 초록 잎을 채우고 사이사이로 마음껏 가지를 친다. 나무를 그리는 건 좋아하는 만큼 가장 잘할 수 있는 일이라고도 생각했다. 그렇게 무의식중에 오래전부터 초록 안에 살고 있었다는 기분이 든다. 그림을 다 그리고 나면 붓을 잡은 손의 중지 끝에 초록색 물이 들어 있었다. 하얀 셔츠에는 유난스러울 정도로 곳곳에 물감 흔적이 남았다. 나를 보며 어이없다는 듯 웃던 친구의 표정과 옷에 물든 초록이 지워지지 않으면 어쩌나 곤란했던 그때의 심정이 종종 떠오른다.

그 시절 미술대회가 열리는 곳에는 언제나 나무가 많았다. 대개 탁 트인 공원이거나 고궁이었다. 그곳에서 뒷면에 도장이 찍힌 도화지를 나눠 주면 정해진 시간 내에 정해진 주제로 그림을 담아 제출하는 식이었다. 돌이켜 보면 늘 볕이 좋고 날이 포근했다. 사생대회다 보니 일기예보를 참고해 날을 정하기도 했겠지만 기억 속 그날들이 언제나 화창했다는 사실이 새삼 신기하다. 세월이 지나며 기억에 아름다운 필터를 씌운 것일지도 모르겠다.

초등학교 5학년 때 참가한 대회에서는 풍경화를 그렸다. 역시 날이 좋았고, 아이들은 들판 여기저기에 자리를 잡고서 화구를 펼쳤다. 각자 자기만의 생각과 시선으로 하얀 도화지를 채워 갔다. 내성적이었던 나는 조용한 자리를 찾아 눈앞의 초록을 담았다. 앉아서 올려다본 나무는 가지 사이사이로 반짝이는 빛이 눈부셨다. 찡긋거리며 그렸던 그날의 그림이 기억 속에 여전히 선명하다. 곡선이 멋진 굵직한 소나무 그림. 초록 안으로는 어떤 색을 담아도, 어떤 색을 놓아도, 예쁘다.

지금도 나의 팔레트 안 초록 자리는 늘 깊게 파여 바닥이 보인다. 초록 계열의 색연필, 크레파스는 대부분 사용감이 많거나 부러졌거나 몽땅몽땅하다. 팔레트에 다시 물감을 채워 넣고 색연필에는 은색의 깍지를 끼운다. 내리쬐는 볕이 만든 초록 그림자 아래 종일 앉아 있고 싶은 이 계절을 빈틈없이 바라본다. 할 수만 있다면 보고 느끼는 것들을 온전히 담아내고 싶다. 나는 갈수록 초록에 집착하고 있는 것일까. 깊고 짙은 그 색과 닮은 사람이 되고 싶다.

그림 그리는 일을 하게 되면서 순간의 감정에 더욱 집중하려고 노력한다. 모든 감정이 고스란히 그림에 담겨 내가 된다. 나를 그림 안에 살게 한다. 다만 마음속 일렁임을 숨긴 채 늘 고요를 바란다. 삶의 걸음도 그 바람이 이끄는 방향으로 찬찬히 옮겨 가고 있다.

목장길 따라

하남에서 오래 살았다. 어린 시절 부모님과 나와 동생은 집 근처 미사리 조정경기장을 자주 찾았다. 그곳에 가는 날이면 엄마는 이른 아침부터 김밥을 말았다. 식탁 위에 김밥 꽁지가 보이면 그날은 놀러 가는 날이었다.

그곳에 도착하면 아빠는 나와 동생을 데리고 곧장 자전거 대여소로 갔다. 나는 내 키보다 높은 두발자전거를 고르곤 했다. 초여름의 신록 안에서 자전거를 타고 실컷 달렸다. 속도를 높이면 불어오는 시원한 바람과 온통 초록빛으로 반짝였던 순간들. 매번 그곳을 족히 열 바퀴는 돌았을 것이다. 강에 둥둥 떠 있는 오리배를 탈 때면 엄마 아빠는 앞에 앉아 도란도란 페달을 밟았고 동생과 나는 뒤에 앉아 물고기를 찾기 위해 연신 고개를 내밀었다. 그렇게 일렁이는 물결을, 반짝이는 윤슬을 눈에 담기 바빴다. 오리배 안의 시간은 생각보다 고요하게 흘렀다.

한동안 새벽 네 시면 일어나 온 가족이 조정경기장으로 향했던 적이 있었다. 우리는 트랙을 따라 조깅을 했다. 아마도 그것이 아빠의 그해 다짐이었던 것 같다. 아침잠 많은 나는 새벽마다 툴툴거리며 잠이 덜 깨 몽롱한 채로 달렸다. 파란 새벽 물안개로 덮인 길은 실제로도 꿈속 같았다. 그 꿈에서 나는 아빠의 옷자락만 보고 달렸다.

여름이면 아파트 뒤 팔당대교 아래의 한강 둔치로 사람들이 몰렸다. 그곳에서 수상스키를 타고 물놀이를 즐겼다. 우리도 모터 달린 고무보트를 챙겨서 한강 둔치로 향했다. 보트를 타고 달리다 아빠가 자리를 잡고 견지낚시를 하면 나와 동생은 빨간 구명조끼를 입고 물에 들어가 놀았다. 신나게 놀다 힘이 들어 보트를 잡고 쉬고 있으면 그늘 아래 여유롭게 앉은 엄마가 보였다. 어떤 날에는 말조개를 발견해 열심히 잡았는데 생각보다 맛이 없었다. 뜨거운 여름을 우리 가족은 그렇게 보냈다.

밤에 산책을 나가면 팔당대교가 있는 곳까지 갔다가 한강을 보고 돌아오는 코스로 걸었다. 돌아오는 길목에 포장마차가 하나 있어서 가끔 들러 야식을 먹었다. 옛날짜장면을 먹거나 포일로 감싸 통째로 구운 꽁치와 우동을 먹기도 했다. 그렇게 걷기 좋은 계절, 까만 밤 가로등 불빛 하나에 의지해 집으로 돌아갈 때면 아빠는 노래를 흥얼거리기 시작했다. 결국엔 다 같이 체코 민요 번안곡인 '목

장길 따라'를 불렀다. 길가의 풀벌레 소리가 우리와 함께
했다.

그 시절을 떠올리면 '목장길 따라'가 머릿속에 자동으로
재생된다. 기분 좋아지는 아빠의 산책 노래. 어린 나이에
도 그 가사가 얼마나 사랑스러운지 알았다. 아빠를 따라
부를 때면 기분이 한껏 고조되어 후렴구에서는 목청껏 노
래했다. "스타도라 스타도라 스타도라 품바 스타도라 품바
품품품"

미사리 조정경기장의 명칭은 미사경정공원으로 바뀌었
다. 오리배는 사라진 지 오래다. 다행히 자전거는 아직 대
여하고 있다. 전보다 공원이 잘 정비되어 여전히 많은 사
람들이 찾는다. 여름이면 찾았던 팔당대교 밑 한강 둔치
는 출입을 통제한 지 오래되었다. 그 위로 조성된 산책로
를 통해 그 모습을 눈에 담을 수는 있다. 출입통제 덕분에
더 건강한 모습으로 울창한 늪지대를 이루었다. 모든 것이
추억으로만 남았다. 귓가에 울려 퍼지는 '목장길 따라'와
함께.

각자의 시간을 걷는 일

언제든 걷는 행위에 의미를 둔다. 잠깐 틈내서 나간 길이 든 일을 마치고 돌아오는 길이든 여행지에서의 길이든 똑같다. 걸을 수 있는 상황이라면 그날 무엇을 신었는지조차 중요하지 않다. 나에게 걷는 것은 언제나 좋은 일. 어려서부터 가족과 친구와 걸으며 이야기하는 시간이 많았다. 그 시간들이 쌓여 지금의 내가 되었다. 나는 빌딩 숲에서도 초록 숲에서도 산책을 하는 사람이다.

선선한 바람이 좋았던 초여름 어느 날, 인쇄를 맡길 일이 있어 학교 선배 S에게 의견을 구할 겸 그의 회사 근처로 향했다. S가 아는 충무로 인쇄소에 들러 파일을 맡기고 오랜만에 이런저런 대화를 나눴다. 그렇게 충무로에서 종로5가까지 도심의 거리를 걸었다. 그림 일로 프리랜서를 시작한 지 얼마 되지 않은 때였고, 나는 하늘 같은 선배에게 나의 고단한 마음을 쏟아 냈다. S라면 다 받아 줄 것 같았다. 학창 시절부터 그를 잘 따랐다. 컴퓨터가 고장 났을 때, 자취방에 벌레가 나타났을 때, 버려져 울고 있는 새끼 고양이를 발견했을 때, 언제든 막막한 일이 생길 때면 나에겐 S가 있었다. 하늘은 어느덧 주황빛으로 물들고 퇴근길 분주한 사람들 틈을 S와 걸었다. 목적지는 광장시장. 그날 처음으로 '순희네빈대떡'에 가서 막걸리에 빈대떡과 고기완자를 먹었다. 왜 이제야 이곳을 알았을까. S와 걸어온 길을 가만히 바라보았다.

하남 집 근처에는 한강으로 길게 이어지는 산책로가 있었다. 물가의 늪지대에는 버드나무가 흐드러져 숲을 이루고 길 위로는 갈대밭이 빛을 타고 넘실거렸다. 그곳의 시간은 마치 다른 세상인 듯 느리게 흘렀다. 그 속에서 동물을 만나는 즐거움도 컸는데 특히 고양이가 그랬다. 곳곳에 사료 그릇이 놓인 것을 보면 누군가 그 아이들의 삶을 응원하고 있는 것이 분명했다. 고양이들은 갈대밭 사이에 누워 잠을 자거나 사람에게 다가와 몸을 비비며 야옹야옹 애교를 부리기도, 풀숲 틈으로 아무도 자신을 보지 못할 거라는 확신에 찬 표정으로 멀뚱히 이쪽을 내다보고 있기도 했다. 멀뚱한 표정의 고양이는 늘 풀숲 그 자리에 있었다. 하지만 대부분은 침입자에 놀라 겁먹은 눈빛으로 후다닥 도망갔다. 그렇게 사라졌다. 나는 너를 방해하고 싶지 않아, 같이 조용히 걷고 싶었을 뿐. 그래, 바깥은 너무 위험하니까, 이런 곳에 자리를 잡아서 다행이다, 속으로 생각한다. 하늘로는 무리 지어 청둥오리가 날고 어디선가 보호색을 띤 새들이 숨어 지저귄다. 나무와 나무 사이에 아슬아슬하게 걸쳐 있는 거미줄을 망가트리지 않도록 잘 보고 걸어야 한다. 잔잔한 강물을 한참 바라보던 날에는 가끔씩 수면 위로 불쑥 튀어 오르는 물고기를 목격하기도 했다. 한번은 내 옆에 나와 시선을 같이하는 잿빛 두루미가 서 있었다. 바바리코트를 입은 사람 같았다. 운이 좋으면 갈대 사이로 고라니도 보았다.

나에게 걷는 것은 언제나 좋은 일. 각자의 방향으로 각자의 시간을 걷는 일. 스쳐 지나가는 사람의 마음은 알 수 없고, 알 이유도 없다. 나의 상황과는 무관하게 펼쳐지는 풍경을 온전히 눈에 담고 걷는다면 그 걸음걸음에 작은 위로가 넘치게 묻어난다.

이른 아침 분주히 오가는 사람들 틈으로 걸은 적이 있다. 프리랜서로 일을 하게 되면서 작업하는 공간이 집이 되어 버리고 출근이라는 개념을 잊은 지 오래였다. 우체국에 가기 위해 주섬주섬 옷을 챙겨 입고 오랜만에 일찍이 나선 아침 풍경이 꽤 낯설었다. 언젠가 이 거리를 저들과 같은 표정으로 걸었을 것이다. 그때는 보이지 않던 사람들의 모습이 시야에 들어왔다. 서로 다른 방향으로 섞이고 번지는 걸음들. 예민하고 빠른 사람들. 그 안에 서 있자니 홀로 이방인이 된 기분이었는데 그게 의외로 나쁘지 않았다. 여행지에서 느꼈던 기분과도 비슷했다. 여행하는 내가 서 있는 그곳이 다른 사람들에게는 삶이라는 사실에서 느껴지는 모순적인 행복 같은 것. 날이 흐리든 맑든 나는 혼자 즐겁다. 지나면 추억이 될 거라는 최면에 걸려 모든 상황에 관대해진다.

주어진 삶의 시간을 여행자처럼 걸을 수 있다면 좋겠다. 가능하다면 말이다.

평범한 날들

차가운 겨울날 나는 결혼했고, 차가운 어느 날 나는 이혼했다. 베란다 창으로 울창한 숲을 담으며, 복도 창으로 서울의 반짝이는 밤빛을 담으며, 고양이 두 마리와 우리는 그 시간을 함께 살았고 지금은 각자의 시간을 산다. 누구의 탓도 아닌 그냥 그런 것.

꿈속에 나는 끝없는 들판을 끝없이 걸었다. 보라색 원피스를 입고 맨발로 걷고 또 걸었다. 눈부시게 아름다운 풍경이었으나 그 속의 나는 서글픈 마음으로 철저히 혼자였다. 꿈이었다. 삶이란 우리가 당연하다고 여기는 것들로부터 한 발짝 뒤로 물러나 있는 것 같다. 나는 어쩌면 스스로 인지하지 못했을 뿐 이미 오래전부터 그런 삶에 진저리 치고 있었는지도 모르겠다. 불완전하고 모호한 시간 속에서 지금의 나를 또렷이 보려 한다. 나는 짧은 여행을 하고 돌아왔다. 엄마와 동생 곁으로, 나의 원래 자리로.

몸도 마음도 침체되었던 그 시기에 중학교 때부터 친구인 P가 나를 보러 왔다. 따스한 봄날이었다. P는 수줍게 웃으며 보라색 꽃다발을 내밀었다. 별다른 말 없이 "그냥 주고 싶어서" 한다. P와 나의 올케와 함께 집 근처 산에 오르기로 한 날이었다. (나는 올케와 친구처럼 지낸다. 다정한 나의 올케는 심지어 P와도 친근하다.) 그렇게 오른 산은 전날 내린 비 덕분에 촉촉이 수분을 머금어 나무 향이 짙었다. 내 곁의 풍경과 온기야말로 살아가는 동안 느낄 수 있는 유일한 평범함이 아닐까 생각했다. 사소한 이야기에 웃으며 산 중턱 약수터까지 올랐다. 딱 계획한 만큼이었다. 오랜만에 마음이 들떴는지 내려오는 길에 무릎을 꿇으며 넘어졌다. 아차 하는 순간 일어난 일이었다.

오래전 아빠와 같이 올랐던 이 산에서 아빠가 말했었다. "생각보다 잘 오르네." 듣기 좋은 말 한마디에 나는 더 빠르게 올라서 아빠와 속도를 맞추고 싶었다. 한순간의 설렘은 행동에 영향을 미친다. 그날 보라색 꽃다발을 받은 순간부터 마음이 휘날았다. 날뛰는 마음을 잡지 못했으니 넘어지는 것도 당연했다. 바지가 찢어져 구멍이 나고 바닥에 쓸린 다리에는 보기 좋게 상처가 났다. 우리 나이에는 상처도 쉽게 낫지 않는다고 P가 말했다. 이번엔 얼마나 오래가려나.

아픔은 벼락처럼 들이닥친다. 슬픔은 인지하지 못한 어

느 순간부터 먹구름처럼 서서히 번져 오고 있는지 모른다. 그러니 할 수 없다. 담담하게 그것을 응시해야 한다. 찢어진 바지는 잘라서 반바지로 만들었고 상처는 언젠가 아물 것이다. 별일 아니다. 친구가 준 보라색 꽃은 내가 제일 좋아하는 병에 담았다.

평범한 날들을 그린다. 그림을 그리며 살고 있다. 지금은 제주에서 작은 그림가게를 운영하고 있다. 평범한 날들은 내가 담아 가는 그림의 주제다. 다시 그림을 그리기 시작하고부터 늘 담았던 모습이다. 평범한 어떤 날의 평범한 순간. 켜켜이 쌓여 가는 시간은 평범이 그리 쉬운 일도 당연한 일도 아니라는 사실을 알려 준다. 이제 나는 꿈꾸듯 평범한 날들을 그린다.

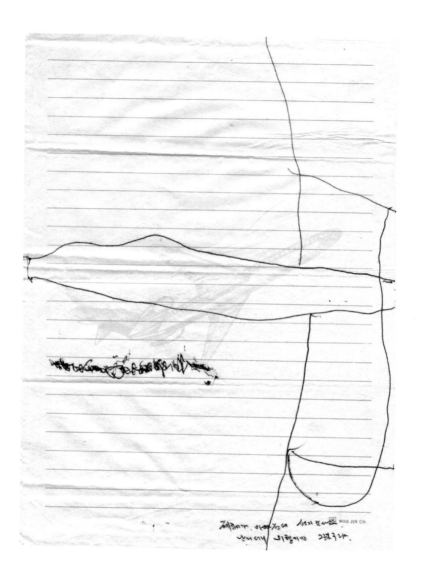

비행기

그림을 그렸다고 한다. 기억하지 못하는 그때부터. 어린 시절 아빠는 돈벌이를 위해 외국으로 나가 가족과 몇 년을 떨어져 지냈다. 그리운 아빠에게 엄마가 보낸 러브레터의 한 면에는 라인으로만 꽉 채워 그린 비행기가 있다. 엄마가 보여 준 기억에 없는 나의 첫 그림. 세 살이었다. 편지지에 옅게 비행기 일러스트가 들어가 있었는데 아마도 그걸 보고 따라 그린 것 같다. 멀리 있는 아빠에게 날아가고 싶었을지도. 물론 전자가 맞겠지만 애틋함에 후자를 생각한다. 시간이 흘러 집으로 돌아오는 아빠를 마중 나가 근처 호텔에 묵었다. 나는 아빠를 보고 낯선 사람으로부터 엄마를 지키겠다는 듯 신발을 꼭 쥐고서, 나가! 아저씨 누구야! 했다고. 아빠 미안.

기억하는 그때부터도 나는 늘 그림을 그렸다. 언제나 가로수 길을 따라 미술학원으로 향했다. 곧게 뻗은 나무의 초록 잎이 바람에 흔들리는 장면을 보기 위해 하늘을 보고 걷다가 통통한 비둘기가 나를 향해 날아오기라도 하면 깜짝 놀라 도망갔다. 형형색색 낙엽을 밟으면 나는 바스락 소리가 좋아 바닥만 보고 깡충깡충 뛰어다니기도 했다. 어떤 날은 저마다 다른 맨홀 뚜껑의 생김새를 관찰

하며 신기해했다. 새로운 모양을 발견하면 조심스레 밟아
보고는 한참을 서서 쳐다보았다. 맨홀 뚜껑을 밟으면 행
운이 온다는 미신을 철석같이 믿는 나이였다. 그림을 그리
러 가는 길은 어린 나의 산책 시간이었다.

　　그 시절 고흐의 해바라기를 얼마나 많이 따라 그렸는
지. 그림을 좋아하는 만큼 미술과 관련된 상장은 늘 내 차
지였다. 유난히 내성적이었던 내가 유일하게 욕심부렸던
역할이 미화부장이었다. 게시판 꾸미는 일을 가장 좋아했
다. 학년을 올라갈 때마다 무궁화와 태극기를 새로 그리
는 일이 즐거웠고, 운동회 대신 미술대회 날을 손꼽아 기
다렸다. 그림으로 할 수 있는 모든 일이 당연히 나의 것이
었다. 그러던 어느 날 나는 적잖이 충격을 받고 말았다. 장
래 희망으로 화가를 써넣은 나에게 평소 말 한번 섞어 본
적 없는 아이가 다가와 "화가는 가난해. 돈을 못 벌어."라
고 했던 것이다. 그 아이의 표정과 말투를 잊을 수 없다.
어른보다도 어른 같은 얼굴로 차갑게 말했다. 초등학교 3
학년이었다. 그 말이 꽤나 충격이긴 했지만 나는 나의 소
신을 지켰다. 그럴 수밖에 없었다. 당시 EBS에서 방영된
〈밥 로스의 그림을 그립시다〉를 본 아빠가 '밥 로스 유화

그리기 세트'를 내게 선물해 주었고, 엄마는 나의 하교 시간에 맞춰 밥 아저씨 영상을 틀어 두고는 언제든 그림을 그릴 수 있게 거실에 이젤을 펼쳐 놓았다. 내 방 한쪽에는 캔버스 패널이 호별로 쌓여 있었다. 내가 좋아하는 것을 지지해 주는 가족 덕분에 결핍 없는 꿈을 꾸었다.

자연스럽게 그림으로 할 수 있는 무엇에 대해 생각하기 시작했다. 그렇게 디자인을 공부했다. "화가는 가난해. 돈을 못 벌어." 하는 소리가 무의식중에 맴돌 때마다 아빠가 나아가야 할 방향을 제시해 주었다. 아빠는 시시때때로 나에게 편지를 보내왔다. 우표를 붙인 편지가 우편함에 들어 있곤 했다. 아, 덧붙이자면 아빠와 나는 한집에 살았다. 아빠는 정말로 로맨틱했다. 삶의 각 단계마다 내가 더나은 길을 걸어왔다면 그건 아빠 덕분이다.

대학에서 시각디자인을 공부하고 졸업 후에는 전공 분야로 취업을 했다. 짧다면 짧고 길다면 긴 5년을 그 세계에서 보냈다. 얼마 전 옛 앨범에서 초등학교 6학년 때의 롤링페이퍼를 발견했다. 거기 나의 꿈을 적어 두었다. '산업디자이너나 화가'. 한 가지 꿈은 이룬 건가.

울지 말고 걸어가

공모전 작품을 제출하기 위해 고등학생 때 처음 여의도에 갔다. 높은 빌딩 사이를 걷고 있자니 멋진 어른이 된 것 같았다. 그때 다짐했다. 나는 이 바닥을 밟으며 살아야지. 시간이 흘러 나는 정말로 그렇게 되어 있었다. 전공을 살려 취업한 회사의 홍보팀에서 그래픽 분야를 담당하며 일했고, 아침저녁으로 한강을 지나며 출퇴근했다. 그토록 바랐던 모습이지만 꿈이 아닌 현실은 생각보다 달콤하지 않았다. 회사 생활이 반복되자 어느 순간 숨을 제대로 쉬지 못한다는 걸 인식했다. 숨이 막혔다. 퇴근길에 초콜릿을 먹지 않으면 견딜 수 없었다. 공허한 마음이 끝없이 비대해졌다. 복잡하게 얽힌 이야기 속을 허우적거리며 둥둥 떠다니는 날들이 이어졌다. 곧 작은 목소리들이 들려오기 시작했다. "졸업전시 때 네 작업이 생각난다." "나는 네가 그림을 그리며 살 줄 알았어." 정말 듣고 싶었던 그 소리들을 핑계 삼아 스스로는 겁이 나 꺼낼 수 없었던 마음을 돌아보았다. 나는 나의 그림을 그리고 싶었다.

퇴사하는 날, 날아갈 듯 가벼울 거라 기대한 것과는 달리 부서를 돌며 마지막 인사를 전하는 내 목소리는 잠겨 있었다. 오전 근무로 정리를 끝내고 회사를 나와 매일 걸었던 한낮의 길 위에서 나는 많이도 울었다. 마침 옆 부서 대리님이 문자를 보내왔다. "혜림 씨 울지 말고 걸어가." 파티션 너머로 마주 보고 앉아 근무했던 동료다. 어째서. 내가 그럴 것 같았나. 파티션 너머에서도 내 마음을 짐작하고 있었던가. 문자를 보자마자 무너졌다. 그길로 오래 유지해 온 긴 머리카락을 잘랐다. 어떤 식으로든 변화가 필요했다. 짧은 머리를 하고 신사동으로 향했다. 친한 동료들끼리 자주 가던 와인 바에서 그들을 기다렸다. 퇴근한 동료들과 다시 마지막 인사를 나누었고, 나의 회사 생활은 그렇게 끝났다.

"혜림이는 확신이 없으면 하지 않잖아?" 큰 이별을 감내하던 나에게 친구가 말했다. 너에겐 내가 그렇게 보였구나. 하지만 나는 꼬박 1년을 스스로 다독이며 준비한 날에도 문자 하나에 알 수 없는 감정으로 무너졌다. 확신이 있었다고 말할 수 있을까. 어떤 선택을, 무엇을 확신할 수 있을까. 그냥 사는 것이다. 그냥 살아간다. 다만 지나고 돌이켰을 때 내게 맞는 걸음이었길 바라는 마음뿐이다. 다시 연필을 잡고 마음이 향하는 걸음을 좇는다.

그림으로 먹고사는 일은 단순히 좋아서 그림을 그렸던 시간과는 전혀 달랐다. 손가락 마디 하나, 동작 하나하나를 그리는 연습부터 시작했다. 나만의 그림을 찾기 위해, 나만의 방법을 만들기 위해 매일 그림 안에서 살았다. 포트폴리오를 준비해 이메일을 보내는 아침이 일상이 되었고, 비로소 일을 하게 되었다. 내 방은 작업실이 되었다. 정해진 출퇴근 시간도 주말도 없었다. 암흑의 시간에도 일을 했다. 광고업계에서 의뢰하는 일은 보통 금요일 저녁에 받아 월요일 오전까지 마감해야 했다. 정말 급한 건이라면 저녁에 의뢰받아 다음 날 오전까지 마감했다. 해내야 했다. 해내는 만큼 성장한다 믿었다. 나의 선택이 잘못되지 않았다는 걸 스스로 증명해 보이고 싶었다. 쉼 없이 일하는 모습이 위태로워 보였는지 일을 주던 회사에서도 나에 대한 이런저런 이야기가 오간 모양이었다. 그곳에서 근무하던 대학 동기에게 한밤중에 전화가 왔다. 놀란 목소리로 혹시 병원에 있는 거냐고 물었다. 여러 팀의 일을 동시에 하는 나를 두고 저러다 쓰러지는 거 아니냐고 한마디씩 하는 말을 잘못 들었던 것이었다.

그림으로 돈을 버는 일은 생각보다 녹록지 않다. 그래

도 마음에 찾아온 고요가 즐겁다. 처음에는 미련하게 일했지만 지금은 감당할 수 있을 만큼만 하려고 노력한다. 좋아하는 일을 오래 하기 위해서는 속도 조절이 필수다.

시간이 흐르며 그림이 쌓여 간다. 이제 나는 제대로 숨쉬며 두 번째 꿈 안에서 살고 있다.

부재

우리 가족은 밤마다 산책로를 걸었다. 하루를 마치는 일종의 의식 같은 것이었다. 아파트 단지 옆으로 나 있는 벚나무 길은 단지를 조성할 때부터 있었다. 내가 그곳에 자리 잡은 시기와 비슷하게 나무들도 심어졌다. 어린 시절 내 키만 했던 나무들은 내가 자라는 속도를 이기더니 어느새 훌쩍 커서 봄이면 울창한 벚꽃 터널을 만들어 냈다. 바람을 타고 내리는 벚꽃비가 무척 아름다웠다. 밤이 되면 가로등 불빛 아래 벚꽃이 낮보다 하얗게 빛나는데, 밤에 보는 꽃이 예쁘다는 걸 그때 알게 되었다. 그 밤에 나는 아빠의 오른손을 잡고 걸었다. 내가 재잘재잘 시시콜콜한 이야기를 하면 아빠가 웃었다. 잡은 손이 늘 따뜻했다. 지나고 나니 그 순간들이 얼마나 소중했는지.

대학교 3학년을 마치고 휴학계를 냈다. 조금 쉬고 싶은 마음이었다. 그러던 중에 전화를 받았다. 나의 나무, 아빠가 무너지고 있었다. 아빠와 둘이 찾아간 병원에는 시선을 두기 힘든 환자들과 분주한 의료진으로 북적였다. 진한 알코올 냄새가 풍겼다. 아빠는 여러 검사를 받았고, 나는 보호자로 의사 선생님 앞에 앉았다. 선생님의 낮고 흔들림 없는 목소리가 들렸다. "뒤에 아버님 오셨어요. 표정

관리 하셔야 해요." 감당하기 힘들었다. 그날의 기억이 희미하다. 나를 둘러싼 모든 게 갑자기 멈췄다. 그 누구도 중요치 않았다. 오로지 아빠와 함께하는 일이 내게는 최우선이었다. 휴학을 하게 된 이유가 있었구나 싶었다. 그렇게 우리 가족의 시간은 아빠를 중심으로 흘러갔다.

어느 날 동생이 강아지를 데려와 아빠에게 안겼다. 아빠는 작디작은 강아지를 품에 안고 사랑스러운 눈빛으로 바라보았다. 여린 그 강아지는 얼마 지나지 않아 홍역을 앓았다. 몇 달도 제대로 살지 못하고 어느 밤에 무지개다리를 건넜다. 나는, 정말로 미안하지만, 아빠의 아픔을 네가 다 가져갔구나, 생각했고 그게 진짜이길 바랐다. 어쩔 수 없이 하늘로 가야 한다면 아빠 몫의 아픔까지 대신 짊어진 것이었으면 했다. 너무 절박하면 무엇이든 붙잡고 싶어진다. 동생과 둘이서 강아지를 묻어 준 그 밤에 우리는 얼마나 울었는지 모른다. 다행히 아빠는 조금씩 나아졌다. 그렇다고 믿었다.

졸업전시를 위해 빨간 입술로 웃는 사람들을 담은 일러스트 북 '유희(遊戱)'를 작업했다. 끝없이 이어지는 슬픔의

무게를 얼마쯤 덜어 내고 싶은 마음이었는지도 모르겠다. 아니, 분명 그런 마음이었다. 작품을 전시하고 있는 중에 아빠에게 전화가 왔다. "잘하고 있지? 아빠가 가서 봐야 하는데…" 전화 너머로 흐느끼는 소리가 들렸다. 아빠가 우는 소리를 들어 본 사람이 얼마나 있을까. 표현할 수 없는 아픔이다. 전시장 앞 계단에 주저앉아 한참을 움직일 수 없었다. 빨리 취업을 하고 싶었다. 아빠에게 기쁨을 주고 싶다는 생각뿐이었다. 그렇게 졸업 전에 취업을 했지만 아빠의 상태는 점점 더 나빠져 갔다. 언제부턴가 옷을 챙겨 회사로 출근하고 병원으로 퇴근하기 시작했다. 저녁마다 병원으로 향하는 내가 눈에 익었던 모양인지 어느 날 버스 기사님이, 혹시 간호사이신가요? 물어볼 정도로 반복되는 일상이었다. 그럼에도 아빠는 당연히 이겨 낼 거라 믿었다. 엄마도 동생도 나도. 우리 곁을 떠나기 바로 전까지도.

아빠와 엄마는 식당을 운영하고 있었다. 아빠가 아프면서 엄마는 몇 년을 혼자 꿋꿋이 버텨 냈다. 잠시 가게에 들러 엄마와 이야기하고 있는데 동생에게 전화가 왔다. 그 순간 아빠 옆에 동생이 있어 다행이었다. 대학교 1학년을 마치고 바로 입대했던 동생이 휴가를 나온 날이었다. 아빠에게 동생이 금방 올 거라고, 잠시 집에 다녀오겠다고 말했고 아빠는 고개를 끄덕였다. 그게 마지막이었다. 아빠는 봄바람을 타고 갔다.

밤마다 걸었던 산책로의 기억도 그 이후로 멈췄다. 소중했던 그 길의 의미가 슬픔에 잠식되어 버린 것 같았다. 그 길을 떠올릴 때면 도란도란 걸어가는 우리들 모습이 손에 잡힐 듯하다. 그 안에서 나는 아빠가 내민 손을 잡고 씩씩하게 걷는다.

제주에 산다

제주에 가고 싶었다. 왜 제주인가. 이유는 없다. 스스로 선택한 삶의 모양이 무너지자 모든 것이 헛되다는 마음뿐이었다. 무언가 근본적인 쇄신이 필요했고, 그때 떠오른 곳이 제주였다. 아무도 나를 모르는 곳에서 온전한 나를 찾고 싶었다. 그래서 떠났다. 다행히 모든 상황이 잘 맞아떨어졌다. 2년 동안 제주를 오가며 준비했고 마침내 집을 지었다. 지금 나는 제주에서 엄마와 동생 부부, 사랑하는 조카와 이층집에서 다 함께 살고 있다.

도시를 떠나 살아갈 거라고는 생각도 해 본 적 없었다. 누군가 전원생활의 꿈에 대해 이야기하면 조금도 공감하지 못하며 나는 그럴 일 없다고 단정했다. 나는 굽이 높은 구두를 신고 잘 정비된 길을 걷는 것을 좋아했다. 구두가 아스팔트 바닥에 부딪히며 내는 차갑고 경쾌한 소리를 좋아했다. 또각또각 구두 소리가 마치 나인 것 같았다. 틈나는 시간에는 언제든 서점으로 향했고, 익숙한 온도와 냄새 속에서 서성이는 시간을 좋아했다. 그 시간을 위해서 일부러 약속 시간보다 일찍 집을 나서기도 했다. 개봉 시기에 맞춰 영화를 보는 것이 당연했고, 밤의 불빛과 도시의 소음, 빠르게 나를 스쳐 가는 모든 것을 사랑했다. 하지만 통제할 수 없이 변하는 삶은 이 모든 생각을 바꾸기에 충분했다. 환경이 변했다고 이전에 사랑했던 모든 것을 부정하려는 건 아니다. 지난 시간의 모든 것이 애틋하고 그립다. 그저 지금은 이렇게 살고 있을 뿐이다. 단정 지을 수 있는 일은 아무것도 없다는 걸 배웠다.

밟는 바닥이 바뀌고 나서는 굽 높은 구두를 신을 일이 없다. 새로 살 이유가 없어지니 자연스레 관심도 사라졌다. 그래도 한때 즐겨 신던 구두가 여전히 신발장 한편에 빼곡하다. 동생은 제발 정리 좀 하라고 잔소리를 늘어놓지만 무슨 미련이 남았는지 그게 쉽지 않다. 아직 멀쩡한데, 몇 번 신어 보지 못한 것도 많은데, 아까워서 어떻게 버리느냐고 말하지만 사실 핑계에 가깝다.

집 마당에는 자잘한 자갈이 깔려 있다. 이것 때문에 신발이 일 년을 못 가고 낡아 버린다. 번갈아 가며 신던 워커의 굽과 밑창이 다 망가졌다. 나는 제주에서 예전보다 더 바삐 움직이며 살고 있는지도 모르겠다. 늘 걷는 산책로도 모두 흙길 자갈길이니 신발이 금세 낡는 것이 당연하다. 하루는 수선이 필요한 신발을 모아 구둣방에 가려고 마음

먹었다. 그런데 놀랍게도 이 마을에는 구둣방이 하나도 없었다. 이곳에 자리 잡고 살면서 가장 당황했던 순간이었다. 아, 나는 정말 작은 시골 마을에 살고 있구나! 다행히 차를 타고 30분을 나가면 구둣방이 있다. 그 정도 거리에라도 있으니 좋다. 구둣방 할아버지도 다정하다.

이제는 또각또각 구두 소리가 나는 바닥 대신 풀 냄새, 바다 냄새 밴 뜨거운 바닥을 걷는다. 구름 한 점 없는 파란 하늘이 무지갯빛으로 물드는 장면을 눈앞에 두고 걷는다. 나는 제주에 산다.

고요와 숲

결혼 후 고양이를 분양받았다. 두 사람 모두 고양이를 좋아해 고양이도 두 마리였다. 회색 러시안블루와 흰색 셀커크 렉스. 이혼하면서 고양이를 데려오지는 않았다. 다시는 고양이를 키울 수 없을 거라 생각했다. 하지만 고양이와 살고 있는 사람이라면 알 것이다. 고양이가 얼마나 위로이고 사랑인지. 위로를 찾는 마음은 고요와 숲을 바라는 마음으로 이어졌다. 언젠가 고양이가 내게 다시 와 준다면 이름을 '고요'와 '모리'(숲을 뜻하는 일본어)로 불러야겠다고 마음먹었다.

제주로 내려오기 바로 전해, 저녁 식사를 위해 가족과 함께 근처로 나섰다. 가벼운 외투 하나 걸치고 걸을 수 있는 봄날이었다. 자동차 불빛이 우리의 걸음을 비추며 지나갔다. 그 순간 재잘거리는 목소리 사이로 작고 희미한 울음소리가 들려왔다. 아기 고양이 소리였다. 며칠 전부터 이곳을 지날 때마다 울음소리가 들렸다고 올케가 말했다. 엄마를 부르는 소리일까? 혹시 엄마를 잃어버렸나? 희미한 소리를 쫓아 분리수거장 뒤편 풀숲으로 들어갔다. 젖소 같은 얼룩무늬의 작은 아기 고양이가 눈도 제대로 뜨지 못한 채 울고 있었다. 안타까운 마음에 한참을 지켜보다가 혹시 근처에

있을 엄마 고양이가 우리의 행동을 오해할지 모른다는 생
각에 우선 발걸음을 옮겼다.

식사하는 내내 우리 가족은 고양이 생각뿐이었다. 돌아
가는 길에도 어린 고양이가 혼자 울고 있으면 어쩌지. 마
음이 무거웠다. 식사를 마치고 마트에서 작은 박스를 하나
주워 들고 고양이가 있던 곳으로 다시 향했다. 걸으며 생
각했다. 제발 엄마 곁에 있길, 너에게 엄마가 있길. 실은 이
미 알았던 것 같다. 여전히 혼자 울고 있을 것이라는 걸.
버려진 것이 분명해 보이는 아기 고양이를 동생이 조심스
럽게 안아 박스에 넣었다. 그길로 병원에 가서 진료를 받
았고, 그날 우리 가족은 고양이와 함께 집으로 돌아갔다.
아기 고양이는 치료를 위해 며칠간 병원을 다녀야 했다.
우리는 돌아가며 아기 고양이에게 젖병을 물렸다.

당시 집 근처 가게에는 내가 통통이라고 이름 붙인 고
양이가 살았다. 아이라인을 그린 듯 눈매가 매력적인 고
등어 태비다. 요염한 자태로 통통거리는 걸음걸이가 귀여
워 내 맘대로 통통이라고 불렀다. 그런데 통통이가 어느
날부터인지 배가 볼록해져서 돌아다녔다. 그 후로는 가게

를 지나칠 때마다 통통이가 새끼를 낳았나 싶어 열심히 두리번거렸다. 길에서 아기 고양이를 만나기 전의 일이다.

눈도 제대로 뜨지 못하던 아기 고양이가 조금씩 기운을 찾아가며 바늘구멍만 하게 눈을 떴을 때의 기쁨은 잊을 수가 없다. 눈동자 색이 어찌나 예쁘던지. 그 작은 생명체가 비로소 세상을 볼 수 있게 되었다는 사실이 얼마나 감사한지. 아기 고양이는 점점 호전되어 건강해졌고, 얼마쯤 지나 통통이도 새끼 고양이를 낳았다. 내가 통통이를 지켜보고 있다는 걸 알았던 가게 아주머니는 나에게 예쁘고 건강한 아기 고양이 한 마리를 안겨 주셨다. 그곳에서 새끼 고양이 모두를 돌보기는 여의치 않아 보였다.

풀숲에서 혼자 울고 있던 얼룩무늬 고양이는 고요, 통통이가 낳아 내 손에 안긴 턱시도 고양이는 모리. 그렇게 나는 고요, 모리와 함께 지내고 있다.

강아지 똥

우리 집에는 고양이 두 마리 외에도 강아지 한 마리가 함께 살고 있다. 이름은 폴. 체구가 작은 갈색 털의 개로, 2013년부터 함께한 나의 반려견이자 산책 친구다. 이제는 나이 들었지만 나에겐 여전히 강아지인 폴.

　일을 마치면 폴의 배변 활동을 위해 동네를 가볍게 산책한다. 집을 나서 주택가의 골목길을 지나면 해녀박물관이 나오는데, 그곳의 잘 가꾼 공원을 지나 다시 고즈넉한 마을길을 걷고 걸어 집으로 되돌아오는 것이 우리의 산책 코스다. 제주에서는 산책길에 목줄 없이 떠도는 개를 자주 본다. 처음 그 모습을 목격했을 때는 폴보다 내가 더 긴장했다. 제법 큰 덩치의 개들이 아무런 통제 없이 자유롭게 다니는 것은 도시에서는 쉽게 볼 수 없는 장면 아닌가. 크고 까만 개를 맞닥뜨린 날에는 슬며시 발걸음을 돌렸다. 그 개는 온 동네가 울리도록 웅장하게 짖고 있었다. 나무에 묶여 있어서 그냥 지나갈 수도 있었지만 기세에 눌리고 말았다. 사실 그 개보다는 폴이 문제였다. 나이 많고 약한 폴은 까만 개를 마주치자마자 겁에 질려 예민하게 짖기 바빴다. 길을 돌아서 밭길을 따라 다시 조용히 걸었다.

이 동네 터줏대감은 코커스패니얼로 보이는 강아지 두 마리다. 베이지색과 갈색의 암컷 수컷은 볼 때마다 함께 있다. 한번은 산책 중인 폴에게 천천히 다가오더니 양옆을 둘러싼 채 공격하려고 해서 얼마나 놀랐는지 모른다. 그 야말로 커플 깡패다. 이들의 우두머리는 튼실한 체구의 고 양이다. 얼마 전 근엄한 표정을 짓고 있는 그 고양이 아래 로 코커스패니얼 둘이 얌전히 앉아 있는 것을 보았다. 어 쨌거나 이 친구들은 피하는 것이 좋다.

길에서 만나는 개와 고양이가 실제로 집이 없는 건지 집은 있으나 독립적으로 산책을 즐기며 살고 있는 건지 그 사정은 알 수 없다. 날이 좋을 때면 길가 이곳저곳에 아무렇게나 누워 잠을 청하기도, 몇 마리씩 무리 지어 다 니기도 하면서 여유롭게 동네를 누빈다. 그런 모습을 자 주 보며 깨닫게 된 재미있는 사실이 있다. 마당 한편에 목 줄로 매인 개는 인기척이 나거나 누군가 시야에 들어오면 무척 경계하며 짖는다. 그것이 사람이든 개든 똑같다. 폴 과 걸을 때면 보이지도 않는 이집 저집 담벼락 안의 개들 이 한꺼번에 왕왕 짖기 시작한다. 폴에게 특유의 향이라 도 있는 것인지 멀리서부터 그런 적이 많다. 이때는 모두를 위해 빨리 그곳을 벗어나야 한다. 반면 목줄 없이 길 위를 떠도는 개는 어지간해서는 짖지 않는다. 너희를 조금도 신경 쓰지 않는다는 듯 평온한 표정으로 곁을 지나간다. 그들의 삶은 생각보다 위협적이지 않다. 물론 커플 깡패는 다소 두렵지만. 사람의 입장에서는 그렇지만, 길 위의 삶은 매 순간 위태로울 것이다. 부디 무탈하기를 바랄 뿐이다.

이 세계 속에서 폴은 혼자 너무 예민하다. 겁이 나지만 주인도 지켜야겠다는 그 심정을 모르지 않기에 되도록 폴이 경계할 만한 상황을 만들지 않고자 노력한다. 폴의 산책 시간은 안온하게 지켜 주고 싶다. 길 위의 친구들을 피해 걷는 길은 돌담으로 단정하게 구획이 나뉘어 있다. 그 너머로 당근밭이 펼쳐진다. 이 지역은 당근이 유명해 집 근처 대부분이 당근밭이다. 길을 따라 걸으면 종종 무밭도 보이는데, 이제는 줄기잎을 보고 당근과 무 정도는 구분할 수 있다. 당근의 줄기잎은 여린 편이라 바람이 조금만 불어도 하늘거리고, 무의 줄기잎은 넓적하며 힘이 있다. 그쯤은 누구나 알아보겠다고 생각할지 모르지만 나로서는 이제야 관심을 두고 차츰 알아가고 있는 중이다. 호기심 많은 폴은 잔뜩 흥분한 상태로 풀잎 냄새를 맡기 바쁘다. 그러다 마음에 드는 풀을 발견하면 그 위로 몸을 던져 이리저리 뒹군다. 어떤 날에는 넘치는 기운으로 달리는 폴에게 끌려 같이 뛰다가 녀석이 당기는 힘에 넘어지기도 한다. 날이 더워 지쳐서 걷다 보면 폴도 나와 똑같은 표정으로 헉헉거리고 있다.

계절이 바뀌며 곳곳에 자리 잡은 억새풀이 아름답다. 일렁이는 억새를 따라 걷다가 고구마를 수확하고 계시는 할아버지를 만났다. 막 수확한 고구마는 바로 구입할 수도 있었다. 홀린 듯 한 박스를 구입했더니 직접 들고 가기에는 무리라며 집이 어딘지 물으셨다. 위치를 설명하자 단번에 알아들으신다. 내일 병원 가는 길에 가져다주겠다고 하셨다. 덕분에 가뿐한 마음으로 밭에 남아 있는 작은 고구마를 주웠다. 수확하고 남은 것이니 가져가라는 할아버지 말씀에 욕심껏 챙겼다. 주워 담다 보니 무게가 엄청나서 들고 가는 것이 고생스러웠지만 실실 웃음이 났다. 폴의 발걸음도 왠지 가볍다. 밭에서 난 작물을 그 자리에서 살 수 있다는 기쁨과 수확 후 남은 작물을 누구나 가져갈 수 있게 하는 정은 이곳에서만 느낄 수 있을 것 같다. 우리 동네는 참 다정하기도 하지. 해 질 녘 금빛 윤슬로 반짝이는 바다를 보며 집으로 간다.

오늘도 폴과 함께 산책을 한다.

나의 파티오라금

하남에 살 때 버스가 지나가는 길로 제법 큰 화훼단지가 길게 자리하고 있었다. 그 길을 지날 때면 시선은 늘 그곳으로 향했다. 매일 그렇게 눈으로만 지나치다가 그날은 무작정 버스에서 내렸다. 이 가게 저 가게 기웃거리며 식물을 찬찬히 둘러봤다. 아마도 처음으로 식물을 제대로 관찰해 본 날이었을 것이다. 저마다 다양한 형태와 생소한 이름을 번갈아 보며 걸었다. 신기하기도 즐겁기도 해 시간 가는 줄을 몰랐다. 가게마다 주인의 취향이 드러나는 게 느껴졌다. 구비하고 있는 식물도 배치도 달랐다. 한참을 구경하다 보니 어쩐지 그것들이 나를 다독여 준다는 기분이 들었다. 화훼단지 안으로 들어서면서부터 마음이 기분 좋게 차분해진 것이다. 그날 식물을 여러 개 집으로 들였다.

직접 고른 화분으로 분갈이한 식물이 집에 도착했다. 내가 고른 것은 율마, 인도고무나무, 용신목이었다. 배달 오신 주인아저씨에게 이것저것 물었다. 식물에 대해 잘 알지 못하기 때문에 궁금한 것이 많았다. 아저씨는 아무래도 불안했는지(답답했는지) 쉽고 친절하게 설명해 주신 다음 또 궁금한 게 있으면 연락하라며 연락처를 남기고 가셨다. 나는 틈나는 대로 식물을 살폈다. 반려식물에게 말을 걸면 좋다는 이야기를 어디선가 들은 것이 생각나 말도 걸어 보고 나름대로 가지치기도 하며 정성을 다했다. 하지만 정성이 과했는지 읽고 들은 대로 했을 뿐인데 식물들은 점차 잎을 떨구고 시들어 갔다. 식물에 무지한 탓이었다.

제주 세화에 제법 큰 식물가게가 생겼다. 폴과 동네를 산책하면서 건물이 들어서고 있는 걸 보긴 했는데, 1층 전체가 식물가게라니. 자꾸만 눈이 간다. 작은 마을에 생긴 크고 싱그러운 식물가게는 멀리서 바라만 보아도 왠지 설레는 것이다. 아침에 일어나자마자 오늘 가 봐야겠다, 생각했다가 작업실에 있는 작은 화분들에 물을 주며 마음을 바꿨다. 이미 함께하고 있는 식물에게 집중하자는 심정이었다. 너희가 튼튼하게 자라면 그때 가 볼게, 생각하며 다음을 기약했지만 그 다짐은 며칠 가지 못했다. 이미 마음은 그 식물가게 안에 있었다.

가게 안으로 들어서자 처음 보는 근사한 식물이 가득했다. 그중에서도 한눈에 쏙 들어온 식물을 가리키며 주인에게 이름을 물었다. 어쩐지 당황한 기색이 역력한 주인은 이렇게 대답했다. "우리는 선인장이라고 불러요." 그렇다. 누가 봐도 선인장이었다. 이름이 뭐 중요한가 내가 좋으면 됐지. 초록에서 노랑으로, 그리고 다시 분홍으로 물들어 가는 이름 모를 그 선인장을 데려가기로 했다. 가게에서 나와 검색해 보니 이름은 파티오라금이었다. 생김새와 잘 어울리는 이름이라고 생각했다. 볕이 충분히 드는 곳에 두고 키우면 색이 붉게 변하며 자라는 양지식물이라고 했다. 그런데 우리 집 식구가 된 나의 파티오라금은 웬일인지 초록빛으로 변하며 자라고 있다. 새잎도 그렇다. 화분을 둔 자리에 생각보다 볕이 잘 들지 않았던 것일까. 볕이 좋은 자리를 찾아 옮겨야겠다.

삶이 버거운 날이면 초록에 기댄다. 손을 내놓고 걷기조차 힘들 만큼 차가웠던 그날에도 무작정 길을 나서 초록을 찾았다. 알 수 없이 불안했던 그날의 잔상이 지워지지 않는다. 회색 거리를 에워싼 시린 공기를 뚫고 시멘트 바닥 위를 걷고 있는 내가 보인다. 목적지는 식물가게. 무엇을 사겠다,가 아니라 무엇이어도 좋다는 마음이다. 그렇게 걸음이 향한 곳에서 작은 식물을 들고 나와 차가운 손으로 걷는 내내 이거면, 이것 하나면 된다, 되뇌었다.

　초록은 위로.

아무도 없는 해변의 발자국

차를 타고 해안로를 달리는 게 어느새 일상이 되었다. 그날그날의 바다를 눈에 담으며 지나가는 길에 눈여겨보았던 해변이 하나 있다. 곡선을 그리는 백사장에는 늘 아무도 없었다. 이름이 뭐지? 입구는 어디지? 달리는 도로 위에서는 전혀 감이 잡히지 않는다. 위치를 검색해 봐도 근처 해변의 이름만 나올 뿐이었다. 날 좋은 때 저 해변을 꼭 걸어야지 생각했다.

드디어 찾아간 해변은 조용했다. 선선한 바람이 부는 초여름이었다. 멀리서 보던 것과 같이 고운 모래사장이 넓게 펼쳐져 있었다. 늘 달리던 도로 옆으로 작은 길이 나 있었는데, 그 안으로 들어가니 풀숲 사이로 조그마한 입구가 보였다. 인적이 드물어 보이는 그곳을 나는 고요해변이라고 부르기로 했다. 아무도 밟지 않은 모래 위로 한 발 한 발 발자국을 내며 걸어갔다. 잔잔한 파도 소리가 나를 더 안쪽으로 끌어당겼다. 기대했던 것 이상으로 좋았다. 솜사탕 같은 구름이 바닷물에 비친 모습을 한없이 바라보았다.

섬 안의 섬 같은 그곳은 우리 가족이 자주 찾는 안식

처가 되었다. 어느 날에는 멈춘 듯 고요해서 물결을 가르
고 인어가 헤엄쳐 나올 것만 같고 또 어느 날에는 모래요
정 바람돌이가 등장할 것처럼 바람이 거세게 분다. (〈모래
요정 바람돌이〉를 아시는지⋯ 내 또래에게는 추억의 만화
다. 이상하게 생긴 노란색 모래요정 바람돌이가 아이들의
소원을 하루에 한 가지씩 들어주는데, 해가 지면 마법이
풀리기 때문에 소원은 오로지 그날의 해가 떠 있는 동안
에만 유효하다.) 그 바람에 가져간 음식 위로 온통 모래가
덮친 적도 있다. 그런 일은 손쓸 틈 없이 일어난다. 제주
는 역시 바람이지. 모두 허탈하게 웃으며 모래를 털어 내
고 어찌어찌 음식을 먹긴 했다. 버리긴 아까우니까. 모래
가 워낙 고와서 얼마쯤 입에 들어가도 별로 느껴지지 않
았다.

오늘은 작업 중인 원고를 들고 고요해변을 찾았다. 차
가운 맥주 한 캔을 홀짝이며 노트북을 켠다. 엄마와 동생
부부는 수영을 하며 물놀이 중이다. 그 와중에 수경까지
끼고는 뭐라도 하나 잡아 보겠다는 요량으로 열심인 동생
의 모습이 재미있다. 아직 어린 조카는 무서워서 물에 들
어가지도 못하면서 노란 튜브를 몸에 끼우고 이리저리 뛰

어다닌다. 조금 지나고 보니 양동이에 바닷물을 담아 모
래에 붓고는 손가락을 꼬물거리며 무언가 만들고 있다. 아
주 집중한 표정이다. 엄마는 그새 톳을 한 아름 주웠다.
이 모든 장면이 사랑스럽다. 나는 자리에 앉아 카메라 셔
터를 연신 눌러 그 순간들을 담는다. 원고는 눈에 들어오
지도 않는다.

　나는 수영을 못한다. 물이 무서워서 튜브 없인 바다에
들어가지도 못하는 겁쟁이다. 그저 바라보는 것이 전부이
지만 그것만으로도 바다는 공허한 마음을 채우고 나를
회복시켜 주는 힘이 있다. 노트북을 닫는다. 반짝이는 시
간을 멍하니 바라보며 나만의 물놀이를 즐겨야겠다.

'밤으로' 산책

파란 새벽

아빠의 고향은 부산이다. 군대 휴가를 나오는 동생의 일정에 맞춰 할머니 묘소를 벌초하기 위해 부산행 열차를 타기로 했다. 금요일 밤, 회사 일을 마치고 동생과 서울역에서 만났다. 아빠가 떠난 지 1년이 조금 넘은 시기였다. 아침에 도착해 벌초만 하고 올라오는 짧은 일정이기 때문에 서두를 필요가 없었다. 늦은 시간 무궁화호 막차를 타고 까만 밤 속으로 출발했다.

한참을 달려 파란 새벽이 되어 부산에 도착했다. 가을 날씨가 제법 쌀쌀했다. 역 근처 패스트푸드점에 들러 간단히 끼니를 때우며 버스 시간을 기다렸다. 우리는 첫차를 타고 묘지로 향했다. 좁은 골목을 지나 가파른 언덕을 오르자 아슬아슬해 보이는 비탈길에 집들이 촘촘히 자리 잡고 있다. 볼 때마다 신기한 부산 특유의 전경이다. 어릴 때 부산에 가면 아빠는 비탈진 언덕길에 주차한 다음 뒷바퀴 뒤에 큼직한 돌을 하나 받쳐 두곤 했다. 그래서인지 나에게 부산은 언덕길로 기억되었다. 그리고 또 하나, 부산을 떠올리면 어린 시절 맡았던 한복 향이 소환된다. 부산 친척 집에 가면 익숙하게 풍겨 오던 향이다. 친척 중에는 한복을 짓는 분도, 한복을 판매하는 분도 있었다. 덕분에 그 시절 나의 한복은 친구들 중에서 가장 예뻤다. 부산에 갈 때마다 쌓여 있는 한복 원단의 냄새를 맡느라 정신이 없었다. 한복 향을 정확히 설명하기는 힘들다. 안온한 집의 향이랄까.

아빠는 부모님을 일찍 여의셨다. 그래서 나도 할아버지 할머니를 생전에 뵌 적이 없다. 대신 아빠의 친척 집에 놀러 가곤 했던 것이다. 그곳에는 형형색색의 한복 원단 말고도 근사한 것이 많았다. 박제한 새 장식품, 짙은 나무로 된 바닥과 벽과 천장, 비밀스러운 문을 열고 들어가면 멋진 미싱이 놓여 있고 대문 앞에는 검은색 얼룩무늬 개 얼룩이가 늠름하게 집을 지키고 있었다. 부산에 오면 이런 오래된 기억들이 하나둘 떠오른다.

동생과 나는 길을 조금 헤맸다. 매번 아빠 차를 타고 왔던 길을 버스를 타고 와 걸으며 찾으려니 낯설었다. 묘지 근처에 가서야 익숙한 풍경이 나타났다. 다행히 묘를 찾는 것은 어렵지 않았다. 동생은 챙겨온 기계로 벌초를 시작하고, 나는 잠시 묘지 앞에 앉아 언덕 아래 드넓은 바다의 푸른빛과 항구의 모습을 바라보았다. 이른 아침부터 분주하게 움직이고 있다. 아빠와 이곳에 앉아 나누었던 이야기와 그날의 온기가 여기 아직 고여 있다. 아빠가 없는데도 시간은 변함없이 흘러간다는 사실이 새삼 아팠다. 파란 기운이 감도는 공기는 여전히 차가웠다.

올라왔던 길을 다시 내려갈 때는 자연스레 걸음이 느긋해졌다. 임무를 마쳐 홀가분해지고 나니 비로소 동네가 선명히 눈에 들어온다. 세월이 쌓인 집과 그 앞으로 옹기종기 모여 있는 도자기 화분, 빨랫줄에 널린 화려한 색감의 옷가지들, 골목길 담장 위의 고양이. 사람 사는 동네구나 생각하게 하는 것들을 눈에 담으며 내려왔다. 우리는 아침 바다를 보기로 했다. 지하철을 타고 광안리로 향했다. 휴일인 데다 이른 시간이라 상점은 대부분 오픈 전이었다. 한산한 거리가 오히려 좋았다. 동생과 나는 한참을 걸으며 아무 말이나 했다. "저런 간판 느낌 너무 좋다" "창 모양 좀 봐" "1층 문을 열고 들어가면 바로 내려가는 계단이 있는 반지하 공간인가 봐. 창밖에서는 그 안에 있는 사람들 상반신만 보이는 거지." 등등 떠다니는 생각을 내뱉으며 웃었다. 걷다 보니 바다였다. 내내 우리를 따라다니던 파란 기운이 어느새 걷혔다.

여름밤 냄새

중학교 2학년 여름, 좋아하는 친구가 있었다. 같은 학원을 다니고 같은 아파트에 살았다. 까만 피부에 짧은 머리, 마른 체형에 무심한 듯 수줍은 표정. 까만 피부가 더욱 도드라지는 파란색, 주황색 티셔츠를 즐겨 입곤 했다. 그 친구를 처음 본 순간부터 좋아했다. 혹시 마주치지 않을까 기대하며 동네를 걸었고, 짠 하고 나타나기를 바라며 창밖을 내다보았다. 밖이 어둑해지면 아파트에 하나둘 불빛이 켜졌다. 네모난 불빛은 저마다 농도가 달랐다. 아직 놀이터에 있는 꼬마 아이들의 웃고 떠드는 소리가 메아리로 울려 퍼진다. 까치발을 들어 고개를 내밀어 봐도 소리만 들릴 뿐 사각지대에 놓인 놀이터는 보이지 않는다. 그때였다. 어디선가 청량하고 부드러운 향이 실려 와 내 코끝을 스치고 지나갔다. 나는 짝사랑으로 부푼 마음을 건드린 그 향마저 좋아하게 되었다. 지금도 그 향을 맡으면 이유 없이 마음이 몽글몽글해지는 것이다.

향에 대해 설명하자면 여름밤의 냄새다. 비누 향, 섬유유연제 향 같은 산뜻하고도 포근한 향. 늘 나의 작은 기억을 깨우고 마는 향. 어느 순간 그 향이 스칠 때면 나는 무방비 상태가 된다. 첫사랑의 감각, 창밖을 내다보던 그날 밤의 빛과 소리가 덩달아 소환된다. 지극히 평범한 어느 여름밤을 이토록 깊이 각인시킬 만큼 향의 힘은 강력하다.

하루 일과를 마치면 폴과 밤길을 활보한다. 파도 소리와 가로등 불빛뿐인 거리는 한산하다. 방파제 둑길 위로 반가운 얼굴이 보인다. 옆집 아주머니 아저씨다. 아이스커피를 한 잔씩 손에 들고 이야기를 나누고 계셨다. 일을 끝내고 개운하게 씻고 나오신 듯 아주머니의 머리카락이 아직 촉촉이 젖어 있다. 샴푸 향을 맡으며 인사를 나눴다. 이 시간에 자주 이곳에 나와 계신다. 바다를 보고 산 지 꽤 오래일 텐데 늘 밤바다를 담으러 나오는 부부의 뒷모습이 보기 좋다. 일상 속에 건강한 루틴을 두는 일은 사랑스럽다. 그렇게 앉아 하루의 이야기를, 지나간 시절을, 앞으로의 일을 그려 보겠지. 매일 되풀이되는 듯하지만 단 한 번도 같지 않았을 순간들을 차곡차곡 담아 가겠지.

집으로 발걸음을 돌린다. 순간 내 첫사랑의 향이 코끝을 스친다. 알 수 없는 누군가의 집에서 열린 창틈으로 새어 나왔을 향 덕분에 잠시 달콤한 기분에 빠진다. 조금 더 향을 누리기 위해 걸음을 늦춘다. 앞지르는 폴의 리드줄

을 살짝 당겨 내 옆으로 걷게 한다. 걷는 듯 천천히 비누
향을 곱씹는 여름밤.

볕 좋은 오후에 할 일

볕이 좋은 오후에는 좋아하는 일을 하며 시간을 보낸다. 주로 책을 읽는 편이다. 간직하고 싶은 문장을 만나면 기록하거나 남겨 두는 각자의 방법이 있을 텐데, 나는 그 페이지의 모서리 끝을 접어 둔다. 그런 페이지가 쌓이면 책은 원래보다 한층 두툼해진다. 그때마다 지금이기에 마주했구나 싶은 글이 계속해서 쌓여 간다.

내가 처한 상황과 시기에 딱 맞는, 설명하기 힘들지만 일종의 신호처럼 내 마음에 또렷하게 그려지는 글을 마주하게 되는 때가 있다. 그럴 때면 마치 그 글에게 이해받고 있다는 기분이 든다. 최근에 읽은 페르난두 페소아의 《시는 내가 홀로 있는 방식》이라는 시집이 그랬다. "그리고 내가 그걸 어떻게 느끼든, 그렇게 느끼기에, 그 느낌이 나의 의무……"라든가 "아무것도 돌아오지 않고, 아무것도 반복되지 않아, 모든 것이 진짜니까" 하는 구절을 마주한 그때의 내 심정이 그랬다. 선명한 공감과 분명한 위로. 글에게 위로를 받아 본 경험이 한 번이라도 있다면 살면서 글을 놓을 수는 없을 것이다. 조용히 글을 담는 시간이 중요해진 건 꽤 오래된 일이다.

적당히 바람이 불고 새들이 청량하게 지저귀는 오후. 오랜만에 다시 읽고 싶은 책을 꺼냈다. 모서리가 접힌 페이지를 살펴본다. 지금의 나라면 접지 않았을 페이지도 보인다. 다시 읽으며 새롭게 접히는 페이지도 있다. 지금은 맞고 그때는 틀리다. 읽었던 책을 다시 읽는 재미는 바로 이런 것 아닐까. 문득 궁금해져 검색해 보니 작가의 신간이 작년에 나왔다. 이제라도 알았으니 급하게 주문하고 책을 기다린다. 며칠 뒤 책이 도착했다. 마침 겹쳐 있던 여러 작업의 일정이 이런저런 사정으로 잠시 미뤄진 상태다. 좋았어! 그 틈으로 막 도착한 책을 펼친다. 업무 관련 전화가 울리지 않기를, 나에게 조금만 더 시간을 주기를, 하며 쫓기듯 스릴 있게 읽기 시작했다. 여유가 생기는 날을 기다려 읽으면 될 일이지만 당장 읽고 싶은 마음이 이겼다.

볕에 있으면 포근하지만 볕이 지나간 자리는 금세 서늘해지는 계절이다. 책을 읽는 와중에도 볕을 따라 여러 번 자리를 옮겼다. 그리고 어느새 마지막 자리까지 왔다. 이 자리의 볕이 사라지면 순식간에 어둑해질 것이다. 그제야 고개를 들어 바깥을 내다본다. 석양으로 하늘이 온통 주황빛이다. 하얀 벽에 길게 늘어지는 그림자가 아름답다.

제주에 살며 넘치도록 볕을 누리고 있다. 선크림을 바르지 못하는(발라 봤자 소용없는) 손등과 발등은 상상 이상으로 까맣게 탔다. 얼굴에는 주근깨인지 기미인지 알 수 없는 잡티가 날로 늘어 로션을 바르다 놀란 적이 한두 번이 아니다. 사진 찍힌 것을 보면 훨씬 심각하여 더욱 실감하게 된다. 나는 볕을 얼마나 쫓아다닌 것일까.

볕은 온 힘을 다해 마지막 빛을 뿜어내고 있다. 진한 주황빛으로 곱게 물든 세상이 모든 것을 부드럽게 감싸 안는 시간이다. 나는 하던 일을 제쳐 두고 밖으로 나간다. 하루 중 가장 황홀한 빛깔을 맞이하기 위해 산책길로 나선 사람들의 발걸음이 가볍다. 아무것도 돌아오지 않고, 아무것도 반복되지 않을, 모든 것이 진짜인 지금. 느긋한 걸음의 그림자가 점점 더 길게 늘어져 어느새 나는 키다리 아저씨와 함께 걷고 있다.

낙원의 밤

쉬는 날 아침에는 해안가를 따라 드라이브를 한다. 달리는 차 안에서 내다보는 세상은 네모난 틀 안에서 움직이는 그림 같다. 짙푸른 바다의 일렁이는 물결이 곧 하얀 물보라를 일으키고, 멀리 떠 있는 조그마한 어선과 길가의 야자수가 서로 다른 속도로 지나간다. 그중에서도 갯바위에 모여 있던 갈매기 떼가 한꺼번에 날아오르는 모습을 보는 것이 가장 좋다. 다 같이 쉬고 있는 듯하다가도 한 마리가 날아가면 곧바로 수십 마리의 날갯짓을 만날 수 있다. 나는 운전을 못한다. 면허증은 있지만 겁이 많아 운전대 잡을 생각을 내려놓은 지 오래다. 그래서 차창 너머의 풍경을 이렇듯 넋 놓고 바라볼 수 있는 것이다. 기꺼이 운전해 주는 동생 덕분이다.

한참을 바다만 바라보던 중에 도로변의 가게 하나가 눈에 들어왔다. 물회를 파는 곳이다. 자세히 보니 '영화 〈낙원의 밤〉 촬영지'라고 쓰인 현수막이 걸려 있다. 어라? 얼마 전에 본 영화다. 좋아하는 배우들과 제목의 분위기에 이끌려서 보았는데, 다 보고 나서는 내내 물회가 먹고 싶었다. 분명 선혈이 낭자하는 누아르 영화였는데 물회라니. 하지만 영화를 본 사람이라면 어느 정도 공감할 것이

다. 아무튼 그 영화를 보고서 얼마간 물회 생각이 간절했
었고, 심지어 이 집이 그 집이라는데 가지 않을 수 없었다.
생각지도 못한 발견에 한껏 설레서 식당을 향해 거의 달
려갔다. 복슬복슬한 개가 입구에서 살갑게 반겨 주었다.

우리는 바다를 바라보며 앉았다. 바다 냄새가 물씬 풍
겼다. 이른 시간이긴 하지만 물회만 먹기는 아쉬워서 한
라산 소주를 시켰다. 이 아침에 바다를 앞에 두고 소주를
마시다니. 이런 게 인생 아니겠어, 하며 기분이 고조되었
지만 동생에게는 미안했다. 이 모든 호사가 동생 덕분이었
다. 동생아, 내가 네 덕분에 낙원을 누리는구나.

동생과 나는 네 살 터울이다. 어려서부터 누구보다 나
를 이해하고 잘 따랐던 동생에게 나는 여전히 의지하고
있다. 제주에 정착할 수 있었던 것도 동생의 역할이 가장
컸다. 동생이 아니었다면 낯선 곳에서 살아가겠다는 생각
조차 하기 힘들었을 것이다. 온 가족의 이주를 위해 상황
에 맞게 결정하고 실행하는 일은 모두 동생 몫이었다. 까
다롭고 무거운 짐을 동생이 도맡았던 셈이다. 듬직할 뿐
아니라 제법 낭만적인 구석도 있다. 길가에 자란 토끼풀

을 발견하면 멈춰 서서 네잎클로버를 찾아내는 사람, 드라이브 중에 늘 그 상황과 딱 맞는 음악 선곡으로 옆 사람을 울컥하게 만드는 사람, 동생은 그런 사람이다.

　기분 좋게 취기가 오른 채로 돌아가는 길에도 말없이 창밖을 응시했다. 역시나 동생이 고른 탁월한 BGM과 함께. 내가 정말로 사랑하는 시간 중 하나.

대설

일 년 중 눈이 가장 많이 내린다는 대설(大雪)에 태어났다. 사람은 자기가 태어난 계절을 좋아하게 된다는데 정말 그런 것인지 나는 겨울을 좋아한다. 겨울 공기의 시린 향, 이 계절에 입는 포근하고 묵직한 옷들, 차가운 손으로 맞잡는 따뜻한 커피 잔, 첫눈을 기다리는 마음. 모두 이 계절을 특별하게 만드는 것들이다. 고요한 밤에 내리는 눈은 또 얼마나 낭만적인지. 가로등 불빛이 비추는 눈송이는 밤의 꽃에 견줄 만큼 아름답다고 생각한다. 해를 거듭할수록 작은 것에 의미를 두고 기뻐하는 일이 줄어들고 있지만, 여전히 캐럴이 들려올 때면 설레는 기분이다. 그것만은 다행이다.

제주에는 눈이 잘 내리지 않는다고 했다. 실제로 제주에 자리 잡은 첫해에는 눈을 조금도 보지 못했다. 나는 날이 쌀쌀해지면 바로 폴라 티를 꺼내 입는데, 이곳에서는 폴라 티를 입는 시기도 한참 늦어졌다. 습관처럼 폴라 티를 꺼내 입었다가 답답해서 갈아입었을 만큼 다른 지역보다 겨울 기온이 높은 편이다. 한겨울의 날씨가 수도권의 늦가을 정도 추위와 비슷하다. 다만 일교차가 커서 저녁에 바닷가 근처를 향한다면 옷차림새를 단단히 해야 한

다. 점점 거세지는 바람에 체감온도가 뚝 떨어진다. 한번
은 낮 기온만 생각하고 밤에 산책을 나갔다가 감기 몸살
을 앓았다. 강한 바람에 몸이 휘청거리는 와중에 신이 나
달리는 폴을 따라가느라 옷을 제대로 여미지도 못했다.

그런데 4월 초에 중산간 쪽에 눈이 내렸다는 소식이 들
려왔다. 온 가족이 아침 일찍부터 중무장을 하고 나섰다.
조카에게 눈을 보여 주겠다는 설레는 마음으로 한라산
중턱에 자리 잡은 천백고지(1100고지)로 향했다. 설경으
로 유명한 곳인지라 이미 인파가 넘쳐 나고 있었다. 다들
눈이 고픈 겨울을 났나 보다. 4월에 눈이 온 것도 신기하
고 눈을 오랜만에 보는 것이기도 해서 신이 났다. 산을 뒤
덮은 눈꽃이 눈부셨다. 눈길을 뽀드득 밟고 걸으며 한참
동안 설경을 구경하고 서 있는데 등 뒤로 뭔가 턱 하고 부
딪혔다. 동생의 결투 신청이었다. 눈싸움의 시작을 알리는
신호이기도 했다. 우리 가족은 눈밭에서 난데없이 난장판
을 벌였다. 까르르 웃는 조카도 연신 눈을 뭉쳐 허공에 던
지기 바빴다. 이제 조금씩 말을 하기 시작한 조카는 태어
나 처음 본 새하얀 눈과 치열했던 눈싸움의 기억이 인상
깊었는지 그 이후로 며칠간 몸짓을 섞어 가며 종알종알

그날의 이야기를 했다. 조카에게도 눈이 늘 반가운 것이었으면, 하고 바랐다. 다음에는 같이 눈사람을 만들 것이다.

시간이 지나 새로운 겨울을 나는 중이다. 밤이면 지붕과 벽을 타고 들어오는 바람 소리가 심상치 않다. 커튼을 열어 보니 창밖으로 온 세상이 무섭게 요동친다. 눈보라로 앞이 전혀 보이지 않아서 두려움이 밀려왔다. 밤새 깊은 잠을 이루지 못하고 뒤척이다 보니 아침이었다. 맹렬히 내리던 눈이 조금은 잦아들어 있었다. 온통 하얀 세상을 본 조카는 들뜬 목소리로 "엘사!"를 외쳤다. 옆집 아저씨가 이런 눈은 정말 오랜만에 본다고 했다. 눈발이 다시 거세지고, 그렇게 며칠을 눈과 함께 지냈다. 뉴스에서는 연일 사고 소식이 들려왔다. 제설차가 들어오기 힘든 모양인지 우리 마을은 눈밭으로 고립된 지 오래였다. 그렇지 않아도 한적한 마을에 적요가 찾아왔다.

얼어붙은 바닥 위를 걷고 있자니 찬 기운이 발바닥을 통해 고스란히 온몸으로 스며든다. 사방에 소복이 눈 쌓인 나무가 있어 크리스마스트리 사이로 걷는 기분이다. 아무도 밟지 않은 눈길을 한 발 한 발 내딛는 일은 늘 즐겁다. 신발이 다 젖어도 좋다. 얼마 지나지 않아 발자국이 흔적도 없이 사라질 만큼 올겨울은 내내 대설이다. 내가 태어났다는 그날처럼. 무엇도 필요치 않은 나의 새하얀 겨울을 오래도록 기억하고 싶어서 앞에 놓인 눈길을 걷고 또 걷는다.

보랏빛 오름

근처 작은 오름에 말들이 산다. 용눈이오름은 비교적 가볍게 오르내릴 수 있는 높이인 데다 부드러운 능선을 거니는 말들 덕분에 운치가 더해진다. 그 모습이 보기 좋아서 자주 찾는 곳이다. 말들은 오름을 찾는 사람이 제법 익숙한지 초연하게 각자 할 일을 한다. 사람 옆으로 거리낌 없이 불쑥 등장하기도 하는 것이다. 요란한 쪽은 언제나 사람이다. 말을 가까이서 보는 것에 신이 난 사람들이 카메라 셔터를 누르면 말들은 자기를 찍고 있다는 걸 알기라도 하는 듯 바람에 갈기를 휘날리며 우두커니 서 있기도 한다. 말이 사는 오름에는 이곳저곳에 배설물이 있기 마련이기에 바닥을 잘 보고 걷지 않으면 곤란한 상황이 벌어진다. 애초에 말의 터전이다. 방문자가 알아서 살피고 피하는 것이 당연하다.

늦은 오후 용눈이오름으로 향했다. 오름 입구에서부터 몽환적인 광경이 펼쳐졌다. 해 질 녘 선명한 보랏빛으로 물들어 가는 하늘 아래 오름의 들판도 푸르게 짙었다. 풀숲에서 말들은 당장이라도 날아오를 것처럼 힘차게 달리고 있었다. 나는 완전히 매료되어 그 장면을 그림으로 옮길 수밖에 없었다. 천천히 오름을 오르자 정상이 가까워

질수록 바람이 점차 강하게 불어온다. 바람이 나를 향해 부는 것인지 내가 바람 안으로 점점 더 깊숙이 들어가고 있는 것인지 모르겠다. 내딛는 걸음은 단단하게, 바람을 대하는 자세는 유연하게, 적당한 긴장감을 안고 올라야 한다는 점이 오름 산책의 매력이다.

정상에 올라서면 분화구 안으로 말들이 작게 내려다보이고 주변 풍경은 구획을 나누어 정갈하게 가꾼 동화 속 정원처럼 아기자기하다. 어느새 낙조가 시작되면 아쉬운 마음을 재촉해 내려가야 할 시간이다. 붉게 물든 하늘을 하염없이 바라보고 싶지만 오름 위에서 그렇게 여유를 부렸다가는 위험해질 수 있다. 사방이 순식간에 어두워지면 내려가는 길조차 제대로 살필 수 없다. 짧은 낭만을 만끽하고 서둘러 내려간다. 제주의 오름은 368개로 알려져 있지만 실제로는 그보다 많다고 한다. 그 많은 오름 중에서 몇 개나 올라 볼 수 있을까. 이곳에 자리 잡은 기간에 비하면 그래도 꽤 많은 오름을 다녀온 것 같다.

올랐을 때 정말 좋았던 곳을 꼽자면 동거문오름이다. 높은 오름은 아니지만 오르는 길이 바람의 언덕이라 불릴 만큼 바람이 거세고 경사가 가팔라 조심조심 올라야 한다. 나는 겁이 많아서 뒤를 돌아보지도 못하고 징징대며 올랐다. 울기 직전에 도착한 정상은 모든 것이 멈춘 듯 평화로웠다. 다른 오름들과 다르게 형태가 다소 복잡했는데, 피라미드형 봉우리와 돔형 봉우리가 각각 있고 깔대기 모양의 원형 분화구와 삼태기 모양의 말굽형 화구를 가진 복합형 화산체라고 한다. 그래서인지 보는 방향에 따라 경치가 새롭다. 가파른 내리막길을 조금만 내려가면 원시의 모습을 간직한 평야가 펼쳐진다. 표지판에 수채화 같은 풍경을 만날 수 있다고 쓰여 있는데, 사실이다. 비교적 사람의 발길이 많이 닿지 않았기에 가능한 모습일 것이다. 제주는 생각보다 더 크고 지역마다 기후 환경도 다르다. 위치에 따라 잘 자라는 식물과 재배 작물도 달라진다. 오름도 저마다 특징이 뚜렷하다. 모두 달라서 더 아름답다.

며칠 전 용눈이오름 소식을 들었다. 탐방객 증가로 인한 자연 훼손이 가속화된 탓에 2년간 자연휴식년제에 들어간다고 했다. 나에게도 일부 책임이 있을 것이다. 초록을 찾는 걸음에 조금 더 신중을 기하게 된다. 무엇 하나 소중하지 않은 것이 없다. 거저 얻는 것도 없다.

나의 막대기별

제주에서의 삶을 준비하면서 한여름에 잠시 들른 적이 있다. 무겁게 내려앉은 낮 공기가 숨을 제대로 쉬기 힘들다고 느낄 만큼 나를 짓눌렀다. 바닷바람이 습하게 밀려오는 밤은 칠흑의 카오스 같았다. 그 밤에 나는 이곳에서 정말 살아갈 수 있을까, 과연 적응할 수 있을까, 몇 번이고 스스로 물었다. 겁먹었던 것이 사실이다. 한 번도 도시를 떠나 살 거라 생각한 적 없었으니까. 하지만 상황에 따라 생각도 변한다. 지금은 우리 집의 작은 불빛만으로도 충분하다고 느낀다. 이사 온 첫날에도 밤하늘이 어둠으로 빛났다. 이전의 겁쟁이는 어디론가 사라졌고, 온전히 나로서 걸어갈 새로운 삶이 기대되기 시작했다. 뜬금없지만 도시에서 보던 것과 크게 다르지 않은 제주의 밤하늘에 조금 실망했던 것 같다. 촘촘히 박힌 별이 쏟아져 내리는 장면을 기대했는데.

아홉 살이 되었을 즈음 충북 청원에 있는 외갓집에 갔다. 늦은 밤에 도착해 마을회관 앞에 차를 대 놓고 고개 하나를 넘어 산기슭 아래 위치한 집으로 향하던 기억이 아직도 생생하다. 전날 비가 왔었는지 질퍽이는 비포장도로를 차로는 도저히 오를 수 없었던 것 같다. 가로등 불빛

하나 없는 까만 길을 엄마 손을 꼭 잡고 한 발 한 발 걸었다. 어두운 걸 끔찍이 싫어했던 나는 잠을 잘 때도 불을 켜 놓아야 했다. 불 꺼진 방 안에서는 온갖 무서운 상상을 하며 스스로 공포에 갇히곤 했다. 그때의 나에게는 엄마가 최고의 보호막이었다. 엄마 손에 의지해 걸었던 그날은 하늘에 별이 빼곡했다. 밤하늘을 수놓은 별을 그때 처음 본 것이었는데, 아름답다는 생각보다는 그것들이 금방이라도 쏟아져 나를 덮칠까 봐 무서웠다. 무서운 게 참 많았던 시절의 이야기다.

그날 이후로 그토록 무수한 별을 본 기억은 없다. 하지만 그날 본 별은 지금도 그 자리를 지키고 있다. 엄마 손을 잡고 걷던 길에서 나는 일정한 간격을 두고 나란히 빛나는 별 세 개를 가리키며 저건 무슨 별일까 엄마, 하고 물었고 엄마는 나란히 길게 놓여 있으니 막대기별이라고 부르자, 했다. 그때부터 밤하늘을 올려다볼 때면 제일 먼저 그 별이 어디 있는지 확인했다. 나의 막대기별. 별자리 이름은 어느 날 우연히 알게 되었다. 직접 찾아보지는 않았다는 뜻이다. 나의 막대기별은 오리온의 허리춤에 위치한 별들이었다. 겨울철 남쪽 하늘의 별자리인 오리온 자리는 겨울 밤하늘의 왕자로 불린다고 했다. 내가 좋아하는 계절에 유난히 반짝이는 나의 막대기별. 밤을 담은 나의 그림에는 오리온 자리가 들어가 있다.

차가운 밤을 걸을 때 가장 먼저 하는 일은 나의 막대기별이 어디에 있는지 보는 것이다. 나에게 겨울 밤하늘을 올려다보는 일은 막대기별을 눈에 담겠다는 의미다. 여전히 어두운 걸 무서워하는 나는 밤이면 꼭 가족 중 누군가와 함께 걷는다. 물론 폴도 포함해서. 제주를 찾은 지인들과 밤길을 걸을 때면 늘 이렇게 말한다. 함께여서 밤에 이렇게 걸을 수 있어, 혼자서는 절대 못하지. 해가 지면 집 나갔던 겁쟁이가 돌아온다. 그럴 땐 하늘을 올려다보고 나의 막대기별을 찾는다. 그러고 나면 정말로 괜찮아진다. 제주의 밤이 갑자기 다정하게 느껴진다.

밤의 여행자

밤의 한강에 여러 추억이 있다. 대학 동기 M과 동기 언니를 만나 강바람을 맞으며 걸었던 날. 나와 M은 캔맥주를 홀짝이는데 언니는 술을 못 마셔서 어포 스낵만 공연히 씹어 댔던 기억. 그런 언니를 두고 M과 한참을 웃었던 기억. P와 한강 둔치에 앉아 해 질 녘 서울 하늘을 멍하니 바라보며 빨대 꽂은 맥주를 호로록 들이켰던 기억. 한강에서 연을 날려 보는 게 소원이라던 옛 연인 J와 추운 날 코가 빨개지도록 달리며 연을 날렸던 기억. 퇴근길 지하철 창밖으로 반짝이는 불빛과 그 빛이 닿아 일렁이는 한강의 잔물결을 바라보며 지친 몸과 마음을 달랬던 기억. 한강 다리의 디자인과 조명을 보면 가끔씩 떠오르던 학창 시절 교수님의 이야기. "다리 디자인을 보면 그 나라가 보인다." 이 정도면 내가 사는 곳은 꽤 아름답지 않은가 생각했던 것.

파리의 밤거리를 혼자 걸었던 적이 있다. 결혼 생활 중의 일이다. 넘치게 마신 와인으로 조금 삐딱해진 마음에 무작정 나가 걷고 싶었다. 우리는 서로 달랐고 끝없이 공허했다. 낯선 밤거리를 이방인이 되어 혼자 걸었지만 술기운 덕분인지 무섭지 않았다. 밤공기를 마시며 걸으니 오히려 홀가분했다. 에펠탑 근처에 묵고 있었고, 그래도 며칠 지냈다고 익숙한 기분이 들었다. 거리는 이미 그친 비에 젖어 있었다. 바닥 사이사이 고여 있는 물 위로 불빛이 비쳐 반짝였다. 각자 걷는 사람들의 발소리가 듣기 좋았다. 어쩌면 나는 처음부터 우리가 다른 시작점에 있었다는 것을 알았는지도 모르겠다고 생각했다.

처음 가 보는 도시에서는 그곳의 신호등을 유심히 보는 버릇이 있다. 그래픽의 모양도, 불빛의 색깔도 조금씩 다르다. 초록불이라고 해서 다 같은 초록이 아니다. 신호등에는 그 도시만의 규칙이 담겨 있다. 그 규칙은 다른 듯 비슷해서 오히려 안정감을 주기도 한다. 타국에서 밤을 맞이할 때면 그곳에서만 볼 수 있는 불빛을 수집하겠다는 마음으로 길을 나선다. 그러고는 특별한 목적 없이 걷는다. 온전히 걷는 일에 의미를 두면 마음에 쌓아 둔 모든 것이 잠시 보잘것없어진다. 한참을 걷다 들어간 곳은 빵집이었다. 에끌레르와 머랭쿠키, 이름 모를 빵을 양껏 샀다. 숙소에서 나올 때의 마음은 온데간데없이 밤빛으로 충만해진 기분이었다.

나의 직장인 시절, M은 도쿄에 살고 있었다. 출장차 가게 된 도쿄에서 일정을 마치고 밤이 되어서야 오랜만에 M을 만났다. 서로 그동안의 이야기를 쏟아 내느라 자리를 몇 번이나 옮겼다. 도쿄의 술집들은 생각보다 일찍 문을 닫았다. M과 나는 주량이 비슷하다. 대학 시절 술자리에서 우리는 언제나 끝까지 남는 사람들에 속해 있었다. 한번은 밤새 술과 이야기에 취해 있다가 새벽 첫차를 타고 집에 갔다. 우리는 모든 고민과 생각을 나누었다. 서로의 이해 안에서 살았다. 그렇게 늘 붙어 다니던 친구가 졸업 후 어느 날 일본으로 떠났다.

그날 나는 반갑고 아쉬운 마음에 가득 취했고, 헤어지기 싫어서 걸음이 무거웠다. M은 낯선 도시에서 혼자서도 잘 해내고 있었다. 그런 친구가 대견했다. 사실 M이 떠난다고 말했을 때 걱정보다는 그가 개척해 나갈 삶이 기대되었다. 어디서든 잘 살아갈 거라 생각했다. M의 활발하고 자유분방한 성격과 강한 결단력을 내심 동경했다. 역시나 잘 지내고 있는 친구를 보며 마음이 놓이는 한편 은근히 전해지는 타국 생활의 외로움에 애틋한 마음도 들었다. 이래저래 복잡한 심정으로 발걸음을 돌렸다. 전철에서 바라보는 도쿄의 밤이 아름답게 흔들렸다. 지금 M은 결혼 후 그곳에서 쭉 살고 있다. 어느새 모두가 각자의 자리를 찾아가고 있다.

얼마 전 가족과 함께 파리로 여행을 다녀왔다. 그곳의 밤빛을 다시 보고 싶었다. 이번에도 에펠탑 근처에 묵었다. 혼자 걸었던 거리는 변함없이 그 자리에 있었다. 차가운 공기를 마시며 다시 그 길을 걸었다. 밤거리는 그날처럼 젖은 채 반짝이고 있었다. 코트 옷깃을 여미며 잠시 하늘을 올려다본다. 짙은 회색에 붉은빛이 돌아 오묘한 색이다. 다시 걷는 길이 익숙하면서도 낯설다. 이 길 위의 내가 이전과 달라진 게 있다면 날 선 감정과 적당히 거리를 두는 법을 알게 되었다는 것이다. 지나고 나면 무의미해질 감정 앞에서 나는 부단히 노력하고 있다. 일부러 꺼내 보지 않고 내버려 두면 그것들은 기억 저편에 가만히 웅크려 희미해진다. 결코 지워지지는 않는다 해도 괜찮다. 여전히 빛나는 밤을 담으며 걸을 수 있어 다행이다.

캠핑과 방풍나물

동생은 캠핑을 좋아한다. 나와 다르게 진취적인 동생은 남는 시간을 허투루 흘려보내지 않는다. 언제든 즐길 준비가 되어 있다. 중학생 때부터 친구들과 여행을 간다며 텐트를 챙겨 다녔다. 아마도 아빠의 영향을 받은 것 같다. 아빠의 빈자리를 동생이 채우고 있다. 동생을 따라 우리 가족은 하도해변으로 캠핑을 갔다. 동생이 준비한 여정에 나는 언제든 몸을 싣기만 하면 된다.

제주에 살며 처음 하는 캠핑이었다. 이 작은 해변을 발견했을 때 여기는 나만 알고 싶다고 생각했다. 모래와 풀이 공존하는 벌판 앞으로 에메랄드빛의 투명한 바닷물이 한눈에 들어왔다. 내가 고요해변이라 부르는 곳 바로 근처이기도 하다. 해변에 도착한 우리는 분주하게 움직였다. 캠핑의 꽃은 다 같이 밥 먹는 시간이니까. 준비해 간 음식을 먹고 차가운 맥주 한 캔을 땄다. 올케가 챙겨 온 작은 조명을 켜니 어린 조카가 신났다. 폴은 아직 이곳이 낯선지 긴장한 모습이다. 폴, 우리를 지키지 않아도 된다, 우리가 널 지켜 줄게, 동생은 그렇게 말하고 폴 옆에 누웠다. 밤의 해변에는 우리 가족뿐이었다. 까만 바다의 수평선에는 고기잡이배가 밝힌 빛이 동동 떠 있다. 그것으로 하늘과 바다를 구분할 수 있었다.

생각보다 일찍 눈이 떠졌다. 텐트 안에서 밖을 내다보니 아침이슬이 맺혀 있었다. 조용히 밖으로 나왔다. 잠이 덜 깨어 시간도 느리게 흐르는 기분. 잔잔한 바다 물결이 물컹한 푸딩처럼 둥실거렸다. 엄마는 언제 나왔는지도 모르게 모랫가에서 방풍나물을 뜯고 있었다. 원래는 갯기름나물이라고 불렀다는 이 채소를 나는 제주에 와서야 처음 보았다. 바닷가 모래에서 잘 자란다는 것이 왠지 특이하게 느껴졌다. 바람 불면 쉽게 흩어지고 물이 없으면 잘 뭉쳐지지도 않는 모래에 뿌리를 내린다니. 요란한 해풍을 견디는 작은 채소의 생명력에 놀랐다. 그에 비해 나의 뿌리는 어떠한가. 아주 작은 파문에도 허덕일 것이다. 아직 멀었구나. 방풍나물을 내려다보며 생각했다.

엄마와 폴과 함께 해안가를 걸었다. 도시에서는 쉽게 볼 수 없는 이곳의 모든 식물이 좋다. 초록이 울창한 풍경에서는 건강한 기운이 피어오르는 듯하다. 나도 덩달아 건강해지는 것 같다. 해풍이 부는 방향으로 꺾여 바람의 경로를 따라 자란 나무를 보며 왠지 마음이 경건해졌다. 부러지지 않고 유연하게 구부릴 줄 알아야 한다. 바람의 흔적을 간직한 나무는 더 깊게 뿌리내려 단단해질 것이다. 그런 생각을 하며 걷는 길에 풀을 뜯고 있는 황소를 보았다. 황소는 작은 언덕 위에 혼자 있었다. 그 언덕에 벤치가 하나 있길래 냉큼 올라갔다. 엄마와 폴과 나는 그곳에 앉아 바다를 한참 내려다보았다. 아침 볕에 윤슬이 은빛으로 반짝였다.

집으로 돌아와 방풍나물 무침을 만들어 먹었다. 처음 먹어 본 방풍나물은 쌉싸름했고 생각보다 맛있었다. 이를테면 어른의 맛이랄까.

관계의 선

인간관계에 애쓰지 않는다. 어릴 때부터 그랬다. 친구를 비롯해 모든 사람과의 일에 애쓰고 싶지 않았다. 의도한 것이 아니라 성향이다. 관계에 의존하지 않으니 그에 따른 결핍도 없다. 중요하지 않다고 말하는 것이 아니다. 건강한 관계라면 애쓰지 않더라도 자연스레 유지된다고 생각한다. 이것에 대해 나는 아무런 의구심이 없다. 각자의 가치관과 성향에 맞추어 서로가 설정한 선을 인정하는 관계를 원한다. 나에게는 그런 관계가 몇몇 있다. 이 정도가 딱 좋다. 나는 혼자인 것이 편하다. 그로 인해 내 옆의 사람들이 이따금 외로움을 토로하기도 했다. 우리 사이에 늘 벽하나가 존재하는 것 같다고도 했다. 그건 사실일 것이다. 나에게는 선이 필요하니까. 그러니까 이제 나는 각자의 결을 존중하고 이해할 수 있는 관계를 바라보는 것이다.

나는 친구 관계에도 쉽게 싫증을 내는 아이였다. 그때는 나의 그런 성향을 스스로도 이상하게 생각했던 것 같다. 특히나 소속감을 중요하게 생각하는 시기 아닌가. 집으로 돌아와 엄마에게 "난 왜 이러죠." 하고 고민스레 털어놓은 적도 있었다. 함께 다니던 친구를 두고 혼자 음악실로 미술실로 향하다가 그 친구를 울게 만든 기억이 난다. 책상에 엎드려 우는 친구를 둘러싼 다른 아이들의 눈총이 나에게로 쏠렸다. 그 친구에게 나는 잠시 혼자 다니고 싶어, 하고 설명할 수도 없는 노릇이었다. 나의 감정을 나도 잘 몰랐다. 외롭다는 게 어떤 것인지 그 실체를 느끼고 이해한 지도 그리 오래되지 않았다. 어쨌거나 그 시절 나의 행동은 옳지 못했다. 친구로서는 영문도 모른 채 상처를 받았을 테다. 돌이켜 보면 그때 나의 감정은 허무였던 것 같다. 어떤 관계도 무의미했다. 또래 친구들에게는 당연한 것들이 나에게는 쓸모없는 의무로 다가왔던 것이다.

그림에도 작가의 성향이 묻어난다. 한번은 내 그림을 구경하던 손님이 물었다. "왜 다 혼자 있죠? 너무 외로워 보여요." 전혀 인지하지 못한 포인트였다. 혼자 있는 것을 외로움으로 해석하는 것이 나에게는 오히려 새로웠다. 내 그림 속 인물은 각자 온전한 시간을 보내고 있을 뿐이라고 생각했다. 그 모습이 외롭게 보일 수도 있구나. 그 손님은 혼자가 두려운 타입일 가능성이 높다. 모두 자신의 상황과 감정에 비추어 사물을 해석하기 마련이니까. 그건 자연스러운 일이니까. 그래서 사람들의 이야기를 듣는 것이 즐겁다. 특정한 의도를 담아 표현한 그림일지라도 사람마다 감상은 다르다. 나는 그림에 답을 두지 않는다. 감상에 틀림은 없다. 각자의 선을 넘지 않고 맺는 관계 또한 이런 것 아닐까. 무언가 바라지 않아서 느끼는 행복. 사심 없이 걷는 산책길의 기분과도 같은 것. 본질을 보려는 마음을 가진다면 좋은 관계는 자연스레 따라온다.

영화 〈토니 타키타니〉의 주인공도 외로움을 모르는 사람이었다. 감정이란 비논리적이고 미성숙한 것이라 여기며 혼자가 편했던 그는 사랑하는 여인을 만나 결혼한다. 한편 그녀는 옷에 집착하는 사람이다. "왠지 옷이란, 자기 안에 부족한 부분, 그것을 채워 주는 듯한 느낌이 들어요." 그녀의 갑작스러운 죽음으로 결혼 생활은 짧게 끝났고, 주인공은 다시 혼자인 삶으로 돌아간다. 두 사람 각자의 공허함은 무엇으로도 채울 수 없었다. 공허한 사람과 공허한 사람의 만남을 바라보며 나는 나의 고독을 지키겠다고 다짐했다. 영화의 메인 OST인 류이치 사카모토의 'Solitude'는 지금도 종종 꺼내 듣는다.

외로움과 고독은 다르다. 외로움은 관계에서 발생하고 고독은 내 안에서 형성된다. 사람이라면 누구나 자기만의

고독 안에 자기만의 공허함을 안고 살아간다. 스스로를
옭아매는 속박과 불필요한 의무감에서 벗어나 오롯이 나
로 서고 싶다. 내 안의 모든 감정 앞에 깨어 있고 싶다. 자
연스럽게 이어지는 관계에 이해를 동반한 선을 긋고.

밤으로 고양이

고요는 다행히도 튼튼하게 자랐다. 이제 덩치도 제법 크다. 사랑받고 자란 덕에 애교 많고 말도 많다. 생긴 것도 귀엽지만 나는 특히 고요의 목소리를 사랑한다. 우리 가족은 고요의 목소리를 '핑크스럽다'고 표현한다. 들어 보면 안다. 핑크스러운 소리가 대체 무엇인지. 고요는 호기심도 많아서 낮에는 나무 위의 새를 눈으로 좇느라 바쁘고 밤에는 풀벌레 소리의 출처라도 찾는 듯 창틀에 앉아 고개를 숙인 채로 밖을 관찰한다.

하루는 엄마 품에 안긴 고요의 발이 새까맸다. 하얀 발이 왜 저렇게 됐나 싶었지만 대수롭지 않게 넘겼다. 그러던 어느 날 고요가 사라졌다. 집 안 곳곳을 살피며 아무리 불러도 나타나지 않았다. 너무 놀란 나머지 온 가족이 고요를 찾아 헤맸다. 그러다 베란다 창문의 방충망이 살짝 열려 있는 것을 발견했다. 동생이 베란다에서 고요! 고요! 하고 재차 불렀고, 고요가 저 멀리서 종종종 걸어왔다. 방충망은 위에서 아래로 내려 잠그고 버튼을 탁 치면 열리는 방식이었다. 고요는 방충망 여는 법을 스스로 터득해 솜방망이 발로 그것을 열고 혼자만의 산책을 다녀온 것이다. 똑똑한 고양이로군. 그 순간 얼마 전에 본 고요의 새까만 발이 떠올랐다. 고요는 언제부터 산책을 즐긴 것일까.

그렇게 산책이 좋다면 같이 나가 보자 하는 마음으로 고양이용 리드줄을 구입했다. 하지만 결국 리드줄을 채우고 나가는 것은 실패했다. 리드줄을 차기만 하면 배를 땅에 붙이고 제대로 걷지 못했다. 왜 걷지를 못하니, 물어도 소용없다. 아무래도 리드줄이 어색한 모양이었지만 그렇다고 줄 없이 나가는 건 위험하다. 언젠가 고요와 함께 산책하는 날이 올까.

고요는 특히 동생을 좋아하고 잘 따른다. 처음부터 그랬다. 풀숲에서 울던 고요를 동생이 품에 안은 그 순간부터 시작된 애정일 것이다. 동생과 올케가 지내는 2층에 올라가 놀기를 좋아하고, 동생이 출근하는 이른 아침에는 배웅하듯 2층 문 앞에 앉아 있다. 올케가 임신했을 때는 마치 그걸 아는 것처럼 올케의 품을 찾아 안겼고, 조카가 태어나자 지켜 주기라도 하듯 조카 근처에 머물렀다. 지금도 조카가 울 때면 우리에게 어떻게든 해 보라는 듯, 그게 아니면 왜 애를 울리느냐고 혼이라도 내듯 핑크 목소리로 종알대며 옆에 있는 사람을 깨물기도 한다.

날 때부터 건강했던 모리는 우리 집 동물 서열 1위가 되었다. 외모도 성격도 똑 부러지는 미묘로, 폴이 자기 앞을 지나갈 때면 불같이 화를 낸다. 고요와는 부둥켜안고 잘 정도로 사이가 좋다가도 수시로 티격태격한다. 그럴 때마다 모리는 멀쩡한 반면 고요의 수염은 사라지고 새로 나기를 반복하는 것을 보면 확실히 모리가 위인 것 같다. 모리가 무서워하는 것은 단 하나, 조카다. 조카가 등장하면 순식간에 자취를 감춘다. 모리는 추위에도 약하다. 늘 이불을 찾아다니고, 이불이 볼록해서 들춰 보면 그 안에 모리가 자고 있다. 바깥세상에 영 관심이 없는 잠꾸러기 모리가 유일하게 집착하는 것이 있는데, 그것은 바로 내 손이다. 고요가 처음 안겼던 동생을 좋아하듯 아기 때 내 손에 들려 집에 온 것을 모리도 기억하는 것일까. 내 손이 모리에게는 엄마 같은 존재인 것 같다. 그 생각을 하면 마음이 애잔하다. 혼자인 것을 좋아하고 낯선 사람을 경계하는 고독한 고양이. 어딘가 나를 닮은 듯한 고양이.

모리는 자주 내 옆에 기대어 앉는다. 내가 관심을 보이지 않으면 뚫어지게 쳐다보다가 미간을 찌푸리며 앙칼지게 운다. 작업 중에 시선이 느껴져서 둘러보면 올빼미가

된 모리가 나를 보고 있고, 그렇게 새벽까지 일하는 날에
도 늘 모리가 함께 있어 준다. 잠이 오면 내 손에 얼굴을
파묻고 잠들어야 하고, 아침에 눈을 뜨면 머리맡에서 초
록빛 눈으로 나를 또렷이 내려다보고 있다. 이제 익숙할
때도 되었건만 여전히 눈 뜰 때마다 흠칫한다.

두 고양이는 늘 나와 함께 잔다. 각자의 자리가 정해져
있다. 고요는 나의 다리에, 모리는 머리맡에 있다가 내 손
을 찾아 이불 안으로 들어와서 결국에는 허리춤에 기대어
잔다. 나는 원래도 똑바로 누워 얌전히 자는 편인데 고양
이들 덕분에 더욱 일정한 자세로 잠을 자게 되었다. 오늘
은 모리가 옆으로 돌아눕는다. 차가워진 내 손 탓인가. 계
절이 바뀌어 간다. 밤사이 나는 두 고양이와 아주 멀리까
지 함께 다녀온다.

흐린 날의 거북손 채집

요 며칠 안개로 뿌연 날들이 이어지고 있다. 오늘도 날이 흐리다. 궂은 날씨에도 바닷가로 향한 것은 거북손을 잡기 위해서다. 어젯밤 티브이에서 거북손을 잡아 전을 부쳐 먹는 모습을 보고서 마음이 동한 것이었다. 날이 흐리니 오히려 전을 먹기 딱 좋은 날씨라고 생각했다. 철물점에 들러 장비까지 단단히 갖춘 우리 가족은 바다로 향했다.

정말로 거북이 발처럼 생긴 거북손은 주로 갯바위 틈에 모여 있다. 맛은 조그만 전복과 비슷하다. 쫄깃하면서 바다의 향이 물씬 풍겨 오징어와도 비슷하다. 한번은 엄마가 거북손과 보말을 삶아서 해물강된장을 만들어 주었다. 그것을 밥에 올려 비벼 먹거나 야채 쌈에 넣어 먹으면 정말 맛있다. 거북손과 보말이 생기면 그렇게 강된장으로 만들어 먹는 것을 가장 좋아하지만, 오늘만큼은 해물파전을 양껏 부쳐 먹을 것이다.

바다는 물안개가 자욱했다. 앞이 잘 보이지 않고 바다도 미끄러워서 각별히 조심해야 했다. 파도가 바위에 부딪히며 새하얀 물보라를 일으켰다. 우리는 흩어져서 각자 자리를 잡았다. 사방이 적막한 가운데 갯바위 틈에 꽃처럼 피어 있는 거북손을 따고 여기저기 붙어 있는 보말을 주웠다. 오늘 먹을 식재료를 구하러 바닷가에 나왔다는 사실이 새삼 어색했다. 한 시간쯤 흘렀을까. 고개를 들어 보니 낯선 사람들이 우리 가족 옆에서 거북손을 따고 있었다. 젊은 부부로 보이는 두 사람. 혹시 어제 같은 방송을 본 것일까. 나는 말없이 작업에 다시 집중했다.

갯바위 틈 사이로 제법 큰 거북손이 보였다. 하지만 위치가 조금 애매했다. 꽤나 깊숙이 박혀 있어서 따기 힘들 것 같았지만 큰 녀석을 발견한 이상 그것밖에 보이지 않았다. 이리저리 자세를 바꾸며 미끄러운 바위 위에서 최대한 중심을 잡아 손을 뻗었다. 어찌어찌 손에 넣기는 했으나 모양새가 볼품없이 너덜거렸다. 그에 비해 보말은 크기를 체크하고 쓰윽 줍기만 하면 되어서 한결 수월했다. 어설픈 손길로 허둥지둥한 것 치고는 어느새 봉지가 꽤 두둑해졌다. 먹거리를 위한 노동은 생각보다 즐거웠다.

어두워지기 전에 집으로 돌아가기로 했다. 온몸과 옷자락이 온통 수분을 머금어서 촉촉한 것을 넘어 축축한 느낌이 들었다. 얼른 집에 가서 씻어야지 생각하며 발걸음

을 재촉했다. 가는 길에 시원한 막걸리도 잊지 않고 몇 병
샀다. 오늘은 완벽한 저녁을 보낼 것 같다.

'시간으로' 산책

고마운 말에게

집 근처에 말이 한 마리 산다. 들판 중간의 말뚝에 긴 줄로 매여 그곳을 걷기도 달리기도 하며 혼자 살고 있다. 이 말을 처음 본 것은 2년 전의 일이다. 제주에서 살겠다고 마음먹고서 나의 안식처를 찾아 헤매던 때였다. 그때도 말은 그 자리에 있었다. 말이 들판에 혼자 남아 살아가게 된 이유는 알 수 없다. 산책길에 그 앞을 지날 때에도 그저 무심히 한번 쳐다볼 뿐이었는데, 왠지 그날은 말을 자세히 보고 싶다는 마음이었다. 길가에 멈춰 서서 들판을 바라보았다. 고동색 털에 갈기만 검은색인 말의 균형 잡힌 몸매가 탄탄해 보였다. 들판 전체가 오롯이 말을 위한 공간이었다. 일견 자유로워 보이기도, 고독해 보이기도 했다.

한참을 바라보다가 소리 내 인사했다. 안녕! 이리 와 줄래? 좀 더 가까이 보고 싶었다. 말을 알아들은 모양인지 말이 성큼성큼 달려왔다. 정말로 내 앞에 와 준 것이 고마워서 순간 마음이 벅찼다. 제대로 인사하고 싶어서 조심스레 손을 뻗었다. 말은 사람의 손길이 익숙한 듯 자연스레 머리를 숙였다. 용기를 내 말을 쓰다듬어 보았다. 어릴 때 내 방 한편에 늘 있었던 커다란 고릴라 인형의 감촉과 흡사했다. 매일 고릴라에게 기대 책을 읽고, 함께 놀고, 부둥켜안고 울기도 했다. 고릴라의 다리 위에 앉아 있으면 마음이 포근했다. 잊을 수 없는 꼬마 시절의 친구 고릴라. 부드러웠던 털은 손을 타고 세월이 쌓이며 뻣뻣해졌다. 진짜 나이를 먹은 것처럼 윤기를 잃고 푸석해졌다. 말의 털은 바로 그 느낌이었다.

자전거를 타고 지나가던 할아버지가 저 말이 사람을 좋아한다, 하셨다. 그 말을 들으니 왠지 마음이 쓰이기 시작했다. 혼자 있으면서 사람을 좋아한다는 것은 결국 너무나 외롭다는 뜻일 테니까. 혹시 몸이 안 좋아 격리된 것일까, 아니면 쾌적한 곳에 살게 하려는 주인의 배려일까, 추측만 늘어 갔다. 그 후로 마음이 계속 거기 있는 것 같았다. 그 말을 보기 위해 하루를 마무리하는 산책 코스로 들판을 찾곤 했다. 그 길은 인적이 드물어 고요하게 걸을 수 있어서 좋았다. 걷다 보면 우두커니 서 있는 말과 만날 수 있었다. 어디서 뒹굴었는지 온몸에 지푸라기와 도깨비 바늘을 달고 있을 때도 있고, 어떤 날에는 무엇엔가 정신이 팔려 아무리 불러도 반응이 없기도 했다. 그러면 나는 안녕! 하고 혼자서 반갑게 인사한 다음 경사진 길을 올랐다. 언덕에서 바라보면 내리막길 양옆에 가로등 불빛이 이어지고 그 끝에는 바다가 펼쳐졌다. 날이 흐리든 맑든 날마다 아름다운 모습이었다. 산책길에 마주하는 풍경 중에서도 내가 특히나 사랑하는 곳이다.

그런데 어느 날부터 말이 보이지 않았다. 이제는 그 말이 사라진 지 오래다. 그 말을 보았던 기억이 잠시 한눈팔다가 겪은 일 같다. 어느새 들판은 처음부터 그 무엇도 없던 것처럼 무성하게 풀이 자랐다. 그렇게 좋아했던 길로 향하는 나의 발걸음도 잦아들었다. 고릴라 인형에 이어 나의 친구가 되어 주었던 그 말이 어디에 있든 잘 지냈으면 좋겠다. 듣지 못할 것을 알지만 기억 속 그날처럼 크게 인사해 본다. 안녕!

숲속 갈림길을 대하는 자세

다시 봄이었다. 노란 볕이 싱그럽고 몸과 마음이 가벼워지는 계절. 새로 돋아난 잎의 살랑거리는 춤사위가 경쾌했다. 나는 숲을 찾았다. 붉은 토양 위로 쏟아지는 빛내림을 눈에 담으며 점차 짙어지는 녹음 속으로 서서히 스며들었다. 숲에서는 숲의 끝에 무엇이 있는지 알 수 없다. 앞선 발자국들이 오랜 세월 다져 둔 오솔길을 믿고 걸으며 온몸이 충만해지는 기분을 느낄 뿐이다.

40분 정도를 걸었을 때 '사려니숲길 입구'라고 쓰인 표지판이 나왔다. 40분을 걷는 동안 나는 사려니숲길 안에 있다고 생각했는데 아직 그 숲에는 들어가지도 않은 것이었다. 초행길이라 미리 검색해 보았을 때 사려니숲으로 향하는 입구가 여러 곳이었던 게 생각났다. 그중 내가 선택한 길은 그 숲에 닿기까지 꽤나 시간이 걸리는 코스였던 것이다. 그날 눈앞에 진짜 사려니숲길을 두고 나는 발걸음을 돌렸다. 걸어온 길에서 이미 숲을 흠뻑 즐겼기 때문에 오늘은 이걸로 되었다 싶은 마음이었다. 오늘 걷지 못한 길은 다음에 걸으면 될 일이다. 다시 40분을 걸어 숲 산책을 마쳤다.

제주 동쪽에는 지미봉, 성산일출봉, 비자림, 다랑쉬오름, 용눈이오름과 같이 초록을 쐴 만한 곳이 인접해 있다. 그러니까 나는 숲세권에 사는 셈이다. 도시 사람들이 '주말엔 숲으로'를 외칠 때 나는 언제든 숲으로 갈 수 있다. 차로 15분만 달리면 태곳적 숲에도 닿을 수 있는 것이다. 물론 사람 욕심은 끝이 없어서 집에서 도보로 갈 수 있는 숲이 있었으면 좋겠다고도 생각하지만. 아무튼, 언제든 흙길을 걸을 수 있다는 건 특별한 기쁨이다. 내가 선택한 삶의 모양에서 특별히 좋은 점 중 하나다. 나는 이제 내 앞에 놓인 여러 갈래의 길을 두고 초조해하지 않는다. 스스로 믿기만 한다면 어떤 길도 틀린 것이 아니라는 사실을 알았기 때문이다. 다른 길을 걸었을 나를 멋대로 상상하고 쓸데없이 후회하지 않는다. 나의 길을 내 속도대로 걷는다. 아니다 싶으면 되돌아가도 괜찮다는 것을 안다.

다시 사려니숲길을 찾았다. 이번에는 처음부터 그 숲길의 입구로 갔다. 지난번 길보다 평탄해서 걷기 편했다. 잘 정비된 길에 양쪽으로 삼나무와 편백나무가 빽빽이 우거져 있었다. 과연 멋진 숲이다. 하지만 다음에는 굽이진 그 오솔길을 또 한 번 걸어 보고 싶다. 울창하고 완만한 사려니숲길과 이곳으로 향하는 좁고 비탈진 숲길은 너무 달라서 둘 다 매력적이다. 어느 쪽을 선택해도 만족스러울 것이다. 내 선택을 믿지 못하고 가지 않은 길과 비교를 시작하면 그때부터 불행해진다. 틀린 선택지는 애초부터 없는데 말이다.

무채색 취향에 대해 말하자면

볕이 뜨거워지면 모자는 나의 필수 소지품이 된다. 제주의 유난한 볕이 자연스레 내게 모자를 씌웠다. 뙤약볕이 내리쬐는 날에도 나만의 작은 그늘막이 되어 준다. 그 핑계로 모자를 사들이기 시작했고, 나의 모자 욕심은 이제 어쩔 도리가 없게 되었다. 대부분 검은색인 나의 모자들은 모양과 디테일만 조금씩 다르다. 하지만 조금 다르다는 것은 구입하는 데 충분한 이유가 된다. 그렇게 우리 집에는 서로 닮은 모자가 쌓여 가고 있다.

나는 언제든 검은색을 골랐다. 물건을 살 때 고려하는 첫 번째 조건이 '검은색인가'일 것이다. 간혹 색이 있는 것을 고른다 해도 회황색이나 푸른색 정도다. 무채색 취향은 스스로 생각하고 선택할 수 있게 된 순간부터 이어진 나의 오랜 역사다. 특히나 검은색은 무엇으로도 대체할 수 없다. 따스하면서 묵직하고, 차가우면서 고요하다. 그림을 그릴 때에도 흰색과 검은색으로 명도 조절을 하는 불투명 수채화가 좋다. 손이 가장 많이 가는 물감 색은 역시 검은색. 다른 모든 색에 검은색을 더했을 때 생기는 깊이감을 좋아한다. 내가 표현하고 싶은 감정의 깊이와 맞다.

요즘 나의 산책 차림새는 아주 단출하다. 살랑이는 바람을 닮은 가벼운 옷과 에어쿠션이 들어간 운동화, 핸드폰 하나 넣을 수 있는 작은 크로스 백, 그리고 모자만 있으면 된다. 물론 모두 검은색으로. 이렇게 입으면 나는 숲길도 자갈길도 거침없이 걸을 수 있다. 바람이 불면 모자가 날아가지 않도록 한 손으로 잡고 걸어야 한다. 날아가 버린 모자를 주우러 간 적도 많은데, 이때는 더 이상 애쓸 것 없이 그냥 모자를 벗는다. 바람에 머리칼이 멋대로 흩날리지만 그대로 놔두는 것도 나름대로 재미있다. 머리는 물론이고 옷깃까지 사방으로 솟아오른 그림자가 자유로워 보여서 좋다. 잠시 바람과 함께 걷는다.

사실 산책 가야지, 하고 마음먹고 산책을 나간 적은 별로 없다. 일정 중에 생긴 여유 시간에, 일정을 마치고 돌아오는 길에, 일 보러 나갔다가 날이 좋아서, 언제 어디서든 갑작스레 산책이 시작된다. 그러니 산책을 위한 차림새가 따로 있다고 말하기 힘들 것 같다. 평소에도 늘 걷기 편한 차림인 것에 가깝겠다.

볕이 닿으면 자연은 눈부시게 반짝인다. 볕이 닿은 곳과

닿지 않은 곳의 대비가 뚜렷하다. 흐린 날에는 자연도 무
채색 옷을 입는다. 대신 향과 색이 더 짙다. 자연스레 순환
하는 명암 속에서 나는 무채색 그림자가 되어 천천히 걸어
가고 싶다.

오일장을 기다리는 이유

제주 곳곳에서 오일장이 열린다. 지역마다 정해진 대로 1/6, 2/7, 3/8, 4/9, 5/0으로 끝나는 날짜에 장이 서는 것이다. 내가 살고 있는 구좌읍은 매달 5/0으로 끝나는 날에 세화민속오일장이 열린다. 시장이 세화해안도로 옆에 있어서 한적한 마을이 장날만 되면 주민과 관광객으로 북적인다. 규모는 그리 크지 않지만 과일과 수산을 비롯한 제주 특산물과 다양한 먹거리만으로도 충분하다는 기분이 든다. 장을 본 다음에는 바로 앞의 세화해변을 들를 수 있어 여행 코스로도 아주 좋다.

우리 가족도 시간만 맞으면 장에 꼭 방문한다. 장날 아침은 무조건 순대국밥이다. 한여름에도 예외는 없다. 원래 순대국밥을 좋아하기도 하지만 제주로 오고 나서는 집 근처에 순대국밥을 파는 곳이 없어서 장날만을 기다리는 것이다. 오일장에서는 맛있는 순대국밥을 먹을 수 있다. 장날의 루틴은 순대국밥으로 시작한다. 순대국밥을 파는 식당은 두 곳인데 서로 나란히 붙어 있다. 처음에는 두 곳 중에 사람이 유난히 몰리는 집으로 갔는데 먹어 보니 두 곳 모두 맛있다. 장날의 순대국밥집에는 다양한 손님이 찾아온다. 이른 아침부터 막걸리에 얼큰히 취한 어르신, 옷을 맞춰 입은 젊은 커플, 홀로 식사하는 고독한 미식가까지 좀처럼 공통점을 찾기 힘든 구성이다. 식당 손님은 물론이고 시장 안에서 배달을 시키기도 해서 정신없이 바쁘다.

이번 장날에도 어김없이 순대국밥을 먹었다. 조카가 먹을 고기국수도 함께 주문했다. 반찬으로 나온 쪽파김치가 맛있어서 연신 감탄하는 소리를 들은 사장님이 흐뭇해하며 웃었다. 조카는 맛있는 걸 먹으면 늘 엄지를 치켜세우는데 국수를 먹는 내내 엄지를 들어 올린다. 장날답게 생기가 도는 아침이다. 순대국밥에서 이어지는 코스도 늘 비슷하다. 엄마가 좋아하는 옥수수를 사고 동생이 좋아하는 옛날과자와 조카가 좋아하는 핫도그, 올케와 내가 좋아하는 떡볶이를 먹는 것. 장날에는 자고로 끊임없이 먹어야 한다. 그러고는 슬렁슬렁 걸으며 본격적으로 장을 구경한다. 요즘 내가 눈여겨보고 있는 것은 '고사리 앞치마'다. 고사리를 꺾으러 갈 때 착용하면 좋은 앞치마로, 캥거루처럼 큰 주머니가 달려서 채집한 고사리를 넉넉히 담을 수 있어 유용하다. 언젠가 마음에 쏙 드는 것을 발견하면 살 것이다.

제주의 장날에 내가 딱 하나 아쉬워하는 것은 떡이다. 떡 종류가 그리 다양하지 않다. 오메기떡이 너무 유명한 탓에 다른 떡은 찾아보기 힘들다. 내가 잘 찾지 못하는 것일 수도 있으나 어쩌다 다른 떡을 발견해도 육지에 비해 가격이 1.5배가량 비싸다. 장은 두세 시면 거의 파하는 분위기다. 그 시간에 가면 좀 더 싼 가격에 떨이로 물건을 살 수도 있다. 한번은 느지막이 생선을 사려고 들른 장에서 꾸벅꾸벅 졸고 계시는 할머니를 본 적이 있다. 이른 시간에 열리는 장은 한낮의 풍경을 더욱 나른하게 만든다.

장을 다 구경한 다음 근처 카페에서 커피를 사 들고 바로 앞 바다로 향했다. 방파제 둑길 위에 앉아 장에서 산 군것질을 먹고 있는 사람들이 보인다. 장날에는 세화해변도 북적북적하다. 닷새에 한 번씩 작은 마을에 활기가 찾아든다. 주민의 마음이 괜히 뿌듯하다. 순대국밥만 좋은 것이 아니다. 아무튼, 오늘도 잘 먹었습니다.

네 발 달린 동네 친구들

며칠 전부터 마당에 고양이 한 마리가 보인다. 전체적으로 하얀 털에 희끗한 황토색 무늬를 가진 그 고양이는 긴장한 눈빛과 뒤로 젖힌 귀를 하고서 빠른 걸음으로 왔다 갔다 했다. 입에는 쥐를 비롯해 알 수 없는 무언가를 문 채로 우리 집 마당을 거쳐 사람들 눈을 피해 다니는 것 같았다. 하루는 한밤중에 폴을 데리고 잠시 밖에 나갔던 동생이 갓 태어난 듯 보이는 아기 고양이 여섯 마리를 발견했다. 마당을 지나다니던 고양이가 그 아이들의 어미였던 것이다.

동생의 전화를 받고 조용히 나가 보니 마당 바로 옆 콩밭에서 아기 고양이들이 꼬물거리고 있었다. 몇몇은 그곳을 안전하다고 느끼는 듯 마음껏 뛰놀고 있다. 아마도 뒷집과 우리 집 사이 어느 공간에 어미가 보금자리를 마련해 둔 모양이었다. 동생이 혹시 모른다며 그림가게 옆에 사료와 물을 두기 시작했고(집과 그림가게는 마당 하나를 사이에 두고 있다), 오늘 드디어 우리 집 앞마당에서 뛰어놀고 있는 아기 고양이들을 볼 수 있었다. 보송보송 귀여운 털 뭉치들이 아주 예뻤다. 자식을 여섯이나 둔 어미는 하루 종일 바쁜 것 같다.

고양이는 설명할 수 없이 이상하다. 어느 순간 마음 한 편으로 성큼성큼 걸어 들어오는 것이다. 한번은 금방이라도 사라져 버릴 듯 여린 모습으로 우리 앞에 나타난 고양이가 있었다. 옅은 주황색 얼룩 고양이, 털이 푸석거리는 아기 고양이. 이름을 '푸석이'라고 짓고 '석이'라고 불렀다. 어느 날 집 앞 분리수거장 옆에 주차한 트럭 밑에 혼자 웅크리고 있는 아기 고양이를 동생이 발견한 것이었는데, 그 후로 동생이 보살피면서 다행히 건강하게 자라 이제는 우리 집 마당에서 어미 고양이로 살아가고 있다. 우리가 알기로는 두 번째 임신을 한 석이는 출산 시기가 닥치면 사라졌다가 다시 나타나기를 반복했다. 그런 일이 생각보다 자주 일어났고, 첫 번째 아기 고양이들은 볼 수 없었다. 석이는 병원 진료와 우리 가족의 보살핌을 받으면서도 완벽히 건강해지지 않았다. 처음부터 약한 몸으로 태어난 것 같았다. 그런 영향이 아기들에게도 전해진 것일까. 잦은 출산에 석이마저 잘못되지는 않을까. 더운 이 계절에 석이는 또다시 뱃속에 생명을 키워 내고 있다. 우리가 알아차릴 새도 없이 임신이 반복되어 중성화 수술 시기를 잡는 것에도 어려움을 겪고 있다. 그런 석이를 바라보면 마음이 아리다. 석이가 더는 고생하지 않고 건강하게 지냈으면 좋겠는데.

고양이들이 하나둘 새끼를 낳는 계절이 돌아왔다. 산책 길에 어미와 아기 고양이 모습을 자주 목격한다. 안전한 곳으로 이동하는 것일 테다. 어미를 따라 벽을 타고 오르기 위해 안간힘을 쓰는 아기 고양이를 본 날에는 혹여나 방해가 될까 봐 소리를 죽이고 천천히 걸었다. 위에서 어미가 애타게 내려다보고 있었다. 그 옆에는 이미 올라간 다른 아기 고양이도 있다. 마음속으로 힘차게 아기 고양이를 응원하며 조용히 지나갔다.

오늘도 마당 한편에 사료와 물을 채워 둔다. 언제든 누구라도 와서 먹을 수 있게 아침저녁으로 확인한다. 길 위의 개와 고양이, 그리고 참새가 이곳을 주로 찾는다. 참새가 자기 입보다 큰 사료를 물고 날아가는 모습은 정말이지 앙증맞다. 기분 탓인지 모르겠지만 우리 동네 참새들은 유독 오동통한 것 같다. 아침에는 또 얼마나 소란스러운지 모른다. 짹짹거리는 소리가 귀여워서 봐준다. 그러는 사이 맛집으로 소문이 났는지 늘 오던 개가 다른 개를 데리고 오는 일이 늘었다. 동네 친구들의 식사 시간을 관찰해 본 결과 먹을 때 서열을 지킨다는 것을 알았다. 정해진 순서대로 먹고 빠지고를 반복한다. 그다음 친구는 안중에도 없다는 듯 사료를 다 먹어 버리는 욕심쟁이가 있는 한편 뒤에 있는 친구를 위해 적당히 먹고 비키는 의리파도 있다. 쭈뼛대며 눈치만 보다 가는 아이도, 집 앞에서 마주치면 길을 비킬 생각도 없이 똑바로 나를 쳐다보다가 내가 옆으로 서면 곧장 우리 집 마당으로 걸어가는 뻔뻔한 아이도 있다. 늘 암컷을 앞장세우고 들어와 먼저 사료를 먹게 하는 사랑꾼 수컷도 보았다. 사람이나 동물이나 캐릭터가 참 다양하다. 사는 것도 비슷한 것 같고. 아, 그 유명한 커플 깡패 코커스패니얼이 온 적도 있다. 우리 집 너무 유명해진 것 아닐까.

눈에 익은 친구들은 이름을 지어 부르기 시작했다. 넷플릭스 드라마 〈위처〉의 주인공을 닮은 용맹한 개 게롤트, 눈매가 매력적이고 마치 새의 가면을 쓴 듯 선명한 인상의 고양이 올빼미, 다부진 근육질 체구의 고양이 아톰. 어떤 이름을 붙여 줄지 고민하는 일도 재미있다.

어린 시절부터 곁에 늘 동물이 있었다. 나를 더 나은 나

로 살게 하는 털북숭이 친구들과 언제까지라도 함께 살고
싶다. 그 작고 따뜻한 생명체에게 여전히 사랑을 배우고
있다.

낮맥의 기쁨

고백하자면 낮에 마시는 맥주를 좋아한다. 약간의 알코올이 머릿속에 불러일으키는 아지랑이 같은 생각들이 나를 조금 더 선명하게 만드는 느낌이다. 무언가에 취하며 나아지는 상황이 있다. 그 과정에서 자신을 또렷하게 마주하고 자신만의 숲을 찾아 걸으며 내 앞에 놓인 것을 온전히 바라볼 수 있게 된다. 흘러온 시간을, 지금도 흘러가는 시간을 되짚어 보고 기록해 나갈 용기가 생긴다.

P와 나는 맥주 취향이 같다. 함께 세계맥주창고라는 술집에 간 날에는 둘이서 같은 맥주를 줄 세워 가며 마신 적도 있다. 그때 나는 '1664블랑'에 빠져 있었고, 마침 P도 그 맥주를 좋아했다. 우리는 그토록 다양한 세계의 맥주들을 눈앞에 두고 오로지 1664블랑만 줄기차게 마셨다. 나란히 서 있는 파란 빈 병을 보고 예쁘다며 사진도 찍으면서. 중학생 때부터 우정을 쌓아 온 P와 나는 시간이 맞을 때면 잠시 만나거나 여행을 가기도 하는데 이때 각자의 역할이 정해져 있다. 친구는 계획을 세우고 나는 그 계획을 따른다. 사실상 내가 맡은 역할은 없다고 해야 맞을 것이다. 맥주 취향은 같지만 타고난 성향은 다른 모양이다. 어쨌든 우리는 낮이든 밤이든 가볍게 만나 맥주 한잔

을 마시고 서로의 마음을 터놓을 수 있는 사이다.

스무 살 무렵 각자의 진로를 찾아가며 우리는 다른 방향으로 걷기 시작했다. 시간이 흘러 이십 대 중반이 되어서야 우연히 연락이 닿아 다시 만날 수 있었다. 기분 좋게 바람이 부는 가을이었다. 오랜만에 만난 P와 어린이대공원을 산책했고, 우리는 한낮에 감자탕을 사이에 두고 소주를 마셨다. 낮술은 그 사람을 보여 준다. 취중 진담을 나누며 여전히 P와 내가 서로 공감할 수 있는 세계에 살고 있다는 것을 알고 무척 기뻤다. 멈춰 있던 우리의 시간이 자연스레 채워지는 기분이었다.

내가 제주로 온 후에는 종종 나를 보러 P가 놀러 오곤 한다. 계획 있는 여자 P 덕분에 나는 제주의 새로운 곳을 덩달아 구경한다. 우리는 이른 새벽 일출을 보러 오름에 올랐고 밤마다 바닷가를 걸었다. P와 함께 다니며 내가 사는 곳에 더 애정을 갖게 되었는지도 모르겠다. 갑자기 놀러 와서는 뜬금없이 꽃다발을 내밀며 사람을 감동시킬 줄 아는 내 친구. 꿈에 내가 꽃길을 걷고 있었다며 다정한 응원을 건네는 친구. 그래도 제일은 맥주 취향이 같다는 점일 것이다.

제주에 살며 반한 맥주가 하나 있다. 이름은 '제주펠롱
에일'. 펠롱은 '반짝'이라는 뜻을 가진 제주 방언이다. 이름
도 예쁜 이 맥주는 한 모금 입에 머금었을 때의 향이 아
주 매력적이다. 요즘은 이 맥주 한 캔이면 무엇도 필요하
지 않은 기분이다(마음속 일등은 여전히 1664블랑이지
만). 새롭게 살아가게 된 곳에서 좋아하는 어떤 것을 하나
찾았다는 사실만으로 그저 행복하다. 한낮에 P와 함께 제
주펠롱에일을 홀짝이고 싶다. 그는 분명 눈을 반짝이며
이 맥주에 감탄하게 될 것이다.

산책길에 자주 편의점에 들러 맥주 한 캔을 산다. 걸으
며 맥주 마시는 것을 좋아하기 때문이다. 맥주 캔을 탁 하
고 시원하게 따서 첫 모금을 빨아들이는 순간 바라보는
풍경은 언제나 황홀하다. 그 순간은 온전히 혼자 서 있는
기분이다. 그렇게 걸으면 내면은 충만해지고 내 앞의 세상
은 그 어느 때보다 화려하면서도 고요하다. 스스로 시야
를 가린 채 제자리걸음만 하며 살고 있지는 않은가, 질문
을 던지며 나를 마주한다. 낮에 마시는 맥주가 때로는 각

성의 시간을 선물해 주기도 하는 것이다.

5센티

초여름부터 날이 좋으면 '제주 물때표'를 검색한다. 제주의 지역별로 간조와 만조 시간이 제공되기 때문에 미리 확인하고 바다로 향한다. 언제든 일기예보처럼 검색해 볼 수 있어 편리하다. 오늘도 날이 좋아 아침부터 물때표를 검색했다. 물이 빠져 모래사장이 넓게 드러나는 간조 때 바다에 가려는 것이다. 운 좋게 일이 끝나는 시간과 물때가 맞았다. 성산 오조리 해안에 가서 조개를 캐 보기로 했다.

갯벌에 가기 위해서는 만반의 준비를 해야 한다. 올케가 미리 주문해 둔 장화와 고무장갑, 호미, 그리고 가장 중요한 챙 넓은 모자를 챙겼다. 짐을 싸 들고 도착한 갯벌에는 이미 많은 사람들이 조개를 캐고 있었다. 나는 사실 갯벌을 걸어 보는 것이 처음이었다. 그래도 장화를 신은 덕에 거침없었다. 역시 티피오에 맞는 차림이 중요하다. 갯벌 표면에는 티브이에서 보았던 것처럼 작은 구멍이 뿅뿅 뚫려 있었고, 그 위로 새우와 게와 알 수 없는 작은 바다 생물이 보였다.

토박이로 보이는 할머니들도 엉덩이에 빨간 작업방석을 착용한 채로 열심히 갯벌을 들여다보고 계셨다. 가까이서 보니 바구니 속에 이미 조개가 풍년이다. 아, 의자, 저런 의자가 필요하구나. 의자를 대신할 무엇도 없는 나는 쪼그리고 앉아서 언제 나올지 모르는 조개를 찾아 구덩이를 팠다. 점점 다리가 아프고 고됐다. 그렇다고 작업방석까지 구입하는 건 좀 과하다는 생각이 들었다. 할머니에게는 일이지만 나에게는 아주 가끔 즐기는 놀이 아닌가. 하지만 시간이 흘러도 감이 잡히지 않자 집중력이 급격히 떨어졌다. 제대로 하고 있는 것인지, 어떤 곳을 어느 정도 파야 하는지도 아직 모르겠다. 곁눈질로 할머니의 손놀림을 따라 호미질해 보았더니 어쩌다 한 번씩 통실한 조개를 손에 쥘 수 있었다. 빈 껍데기가 아닌 진짜 조개를 하나라도 발견하면 흥이 오른다. 올케는 나보다 훨씬 잘 캐고 있었다. 듬직하고 멋져 보였다.

올케와 둘이서 떠들며 갯벌을 헤집고 있는데 어느 순간부터 사람들이 다가와 이것저것 묻기 시작했다. 행색이 그럴듯해 우리가 뭘 좀 아는 것처럼 보였나 보다. 여러 질문들에 우리는, 저희도 처음이라… 하며 얼버무릴 수밖에 없었다. 그렇게 얼마간 민망한 대화가 오갔다. 시간이 한참 흘렀을 때 문득 달인처럼 보이는 할아버지 한 분이 눈에 들어왔다. 간결한 동작으로 갯벌 위를 톡톡 쳐 보고는 느낌이 오는지 기다란 막대로 그곳을 들쑤시자 막대 끝에 맛조개가 딸려 나왔다.

"와! 할아버지 어떻게 잡으시는 거예요?"
"5센티만 파. 그 안에 조개가 있다."

할아버지는 희미한 미소를 지어 보이더니 한마디 툭 내던졌다. 그러고는 다시 묵묵히 작업을 이어 가셨다. 5센티라. 그러나 내가 파내는 5센티 안에는 어디에도 조개가 없었다. 자리를 펑계로 이리저리 옮겨 다니며 해가 질 무렵까지 갯벌을 파헤쳤지만 소득은 적었다. 방법을 안다고 해서 절로 답을 얻을 수는 없는 것이었다. 점점 물이 들어오기 시작했다.

돌아가는 길에 할아버지의 말이 계속 맴돌았다. 5센티. 5센티만 기억하자. 그 안에 있다.

계절 같은 것에 취해

초여름이 찾아오면 마을 곳곳에 붉은 것이 널리기 시작한다. 마당 전체에 그것을 펼쳐 두어 지나다닐 수는 있을까 싶은 집도 있고, 해안가 길을 따라 쭈욱 너부러져 있기도 하다. 볕이 드는 곳이면 어디든 널려 있는 저것의 정체는 무엇인가. 마침 그 붉은 것을 널고 있는 할머니를 발견하고는 쫓아가서 여쭤보았더니 크고 또박또박하게 대답해 주신다.

우.뭇.가.사.리.

방금 전에도 누군가 물어보았던 것일까. 아니면 내가 잘 알아듣지 못할까 봐? 정말 목청껏 우뭇가사리를 발음하셨다. 우무묵을 만드는 데 쓰이는 해조 우뭇가사리는 열량이 낮아 다이어트 식품으로도 인기 있다. 5월이 되면 해녀는 바다에서 우뭇가사리를 채취해 상하기 전에 햇볕과 바람에 말리는 작업으로 정신없이 바쁜 시간을 보낸다고. 덕분에 그맘때 제주는 우뭇가사리로 붉게 물들어 바다 내음이 더욱 짙다.

여름이 깊으면 제비가 지저귀는 소리도 점차 요란해진

다. 봄이 되면 찾아와 가을이면 떠나가는 여름 철새 제비는 여름에 가장 분주한 모습이다. 도시에서는 잘 보지 못했던 제비를 제주에 살며 가까이서 발견하고 있다. 길을 걷는 내 옆을 아주 낮게 날며 쌩 지나가는 제비 때문에 놀란 적이 한두 번이 아니다. 일촉즉발의 상황이 벌어지기라도 할 것처럼 바삐 날아가는 제비 떼를 목격하면 왠지 가슴이 두근거린다. 핑크빛으로 물든 여름 하늘을 수놓는 제비 떼의 매끈한 비행은 마치 긴장감 도는 영화의 도입부처럼 눈을 뗄 수 없는 것이다. 전깃줄 위에 나란히 앉아 있는 모습도 장관이다. 꼬마전구를 달아 놓은 것처럼 가만히 앉아서 자기들만의 회의에 집중하듯 두런거리는 작고 까만 제비들. 그 모습을 프레임에 담기 위해 카메라를 동원해 제비를 쫓는 사람들도 심심찮게 볼 수 있다. 그렇게 앉아 있는 제비 근처를 지나갈 때는 배설물이 떨어질 수 있으니 조심해야 한다.

시간이 흐르고 계절이 바뀌며 제주의 정취도 조금씩 변한다. 그 가운데 변하지 않는 것은 우리 집을 둘러싼 나무들이다. 단풍이 들지도 낙엽이 지지도 않는 상록수의 초록 안에 우리 가족은 사계를 보낸다. 이곳에 와서 알게 된 식물이 너무도 많지만, 그중 가장 신기했던 식물은 집 근처 도로 양옆에 심어 놓은 가로수다. 먼나무라는 이름의 키가 큰 그 나무는 날이 차가워지면 조그맣고 동그란 열매가 빨갛게 익는다. 초록 잎들 사이로 주렁주렁 열매가 달려 크리스마스트리 분위기를 내는 것이다. 덕분에 겨울날 그 길을 걸을 때면 그 계절만의 운치로 가득하다.

한번은 한겨울의 어느 저녁에 엄마와 산책을 하고서 바다 앞에 위치한 식당에 들어가 밥을 먹었다. 식사 후 오만 원짜리 현금을 내고 잔돈을 받아 식당 문을 나서는데 매서운 바닷바람이 회오리치며 나를 덮쳤다. 그 순간 지갑에 넣으려던 지폐가 바람을 타고 전부 하늘로 날아올랐다. 나도 모르게 아… 하고 날아가는 돈을 바라보는데 낱장의 지폐가 어디로 날아가는지 슬로 모션으로 보이는 것 같았다. 마치 영화 〈웰컴 투 동막골〉의 한 장면처럼. 잠시 느리게 흐르던 시간이 원래의 속도를 되찾자 돌담 틈 사이사이, 잔디밭 위, 길가 여기저기에 돈이 떨어져 있었다. 그것들을 한 장 한 장 줍고 있자니 헛웃음이 나왔다. 그 와중에 여전히 허공에서 춤을 추며 어딘가로 날아가는 지폐가 보였다. 거의 20분을 뛰어다녔지만 돈을 전부 다

찾지는 못했다. 생각지도 못한 상황이 우스워서 집으로 돌아가는 내내 역시 제주는 바람이지, 말하며 엄마와 고개를 절레절레 흔들었다. 그 밤에 만난 바람도둑을 잊지 못할 것이다.

길을 걸으며 마주하는 매 순간이 늘 새롭다. 매일의 산책이 즐거운 이유.

고사리

요 며칠 틈새 시간마다 고사리를 꺾으러 간다. 제주에 살기 전에는 생각도 해 본 적 없던 일이 봄철의 일상이 된 것이다. 제주도 고사리는 3월 말부터 올라오기 시작해 5월 초까지 꺾을 수 있다. 그 이후에도 조금씩 자라지만 이때의 고사리는 억세고 질겨서 상품 가치가 떨어진다고 한다. 물론 나는 돈 받고 팔 것이 아니니 집에서 먹을 만은 할 것이다. 4월에서 5월 사이 내리는 비는 '고사리 장마'라고 불릴 정도로 그 시기에 고사리는 비를 맞고 한 뼘씩 소복소복 자라난다. 한 뿌리에서 순이 여러 번 돋아나기 때문에 꺾어도 또 자라기를 최대 아홉 번까지 반복한다고. 놀라운 생명력이다.

이맘때면 중산간 지역의 들판과 숲 곳곳에 차가 들어선다. 제주 사람들은 각자 자기만 알고 있는 고사리 밭이 있기 때문에 비밀스레 그곳으로 향하는 것이다. 고사리 밭은 며느리에게도 가르쳐 주지 않는다는 말이 있다. 그만큼 소중하다는 뜻일 텐데, 나 또한 고사리의 늪에 빠져 버렸다. 고사리를 툭 꺾는 재미에 중독된 것이다. 그 경쾌한 손놀림과 수확의 기쁨에 한번 빠지면 시간 가는 줄 모르게 된다. 하염없이 고사리를 찾아 걷다가 정신을 차려 보면 알 수 없는 곳에 닿아 있기도 한다. 곶자왈에서 고사리를 꺾다가 길을 잃는 사고가 자주 발생한다고 들었다. 여기저기 고사리 철 안전사고를 주의하라는 현수막이 걸려 있는 걸 보면 사실인 모양이다.

나도 중산간으로 향한다. 숲속을 비추는 볕이 아직 부드럽고 바람은 선선해 걷기 좋다. 고요한 가운데 덤불을 밟아 바스락거리는 나의 발소리만 들린다. 들풀 사이로 움켜쥔 아기 손 같은 고사리의 청초한 자태를 찾기 위해 바삐 눈을 돌린다. 마침내 하나 발견하면 감격의 순간을 잠시 미루고 그 주변을 잘 살펴야 한다. 고사리가 하나 있다는 건 그곳이 고사리 서식지일 확률이 높다는 뜻. 어느새 그 옆으로 또 다른 고사리가 또렷이 보일 것이다. 그렇게 홀린 듯 고사리를 찾는 여정이 시작된다. 그럴 때면 즐겨 듣는 영화 주제곡이 나만의 배경음악이 되어 귓가를 자꾸 맴돈다. 어떤 생각도 고사리 탐험가의 마음을 침범하지 않는다. 얼마나 걸었을까. 툭툭 꺾은 고사리가 다발이 되면 집으로 돌아갈 시간이다.

오늘은 손등에 상처가 났다. 가시덤불은 역시 위험하다.

몇 차례 경험해 보고서 장갑도 끼고 나름 단단히 차려입고 나선 것이었는데. 고사리는 가시덤불의 엄호를 받으며 서 있기 때문에 조심하지 않으면 꼭 상처를 남기고 만다. 더 도톰한 장갑을 준비해야겠다. 발목까지 오는 장화를 신고 숲길을 걸으며 다음을 기약한다.

요즘 같은 봄날의 오후에는 괜스레 조바심이 난다. 오늘도 고사리 밭에 가야 하는데, 일을 좀 일찍 끝낼까, 생각하며 하루를 시작하는 것이다. 증세가 얼마나 심각하냐면 눈을 감아도 고사리가 보인다. 그렇게 꺾어 온 고사리를 엄마가 삶으면 나는 채반에 옮겨 담아 볕 아래 두고 말리거나 건조기에 넣어 말린다. 내가 이 정도로 고사리를 좋아했던가? 꺾는 것도 먹는 것도 좋다.

그럼가게 손님의 이마에 상처가 난 것을 보고 "어? 이마가 왜…" 하고 물으니 그분이 "고사리 꺾다가…" 하고 수줍게 대답했다. 나는 "아, 저도!" 하며 손등에 난 상처를 보여 주었다. 지금 제주는 고사리의 계절이다.

엄마의 리틀 포레스트

어린 시절 살던 집에는 볕이 잘 들었다. 남향의 베란다에는 작은 숲이 있었다. 한쪽 벽면에는 포도 넝쿨이 자랐고, 귀여운 방울토마토와 천장에 닿을 정도로 키가 컸던 행운목, 그에 못지않게 튼실한 관음죽과 어린이가 보기에도 고왔던 난초, 여러 꽃들 가운데 유난히 향이 좋았던 치자나무의 꽃까지 아직도 그 기억이 생생하다. 치자나무에 꽃이 필 때면 엄마는 내 필통에 꽃잎을 하나씩 넣어 두곤 했다. 학교에서 필통을 열면 사랑스러운 향이 코끝을 맴돌아 온종일 달콤했다.

엄마에게는 늘 작은 정원이 있었다. 베란다 숲은 언제나 싱그러웠고, 해 질 녘 금빛을 입은 식물의 그림자가 거실 안으로 길게 들어오면 나는 안온한 기분을 느꼈다. 그런 점에서 제주에서의 삶은 다행히 엄마를 설레게 하는 모양이다. 계절이 바뀌면 이번엔 무슨 식물을 심어 볼까 고민하는 엄마의 눈이 도시에서보다 빛나는 것을 보았다. 식물가게에 들를 때마다 씨앗과 모종을 골똘히 들여다보는 엄마가 소녀 같다. 엄마는 짧은 산책길에도 작은 가방을 챙겨 나가는데, 걸으며 만날 수 있는 식물 때문이다. 달래, 냉이, 고사리, 고비, 고들빼기, 명아주, 망초대, 돌나물, 방풍나물, 산딸기… 그 밖에도 너무나 많다. 대부분 봄에서 초여름 사이 길가에서 쉽게 찾아볼 수 있다. 모두 엄마 덕분에 이름을 제대로 알게 된 것들이다. 혼자서는 아직도 이게 뭐였지 싶어 고개를 갸우뚱하지만.

　제주에서의 첫해, 엄마는 텃밭에 호박을 심었다. 호박 넝쿨은 돌담을 멋지게 감싸며 자리를 잡아 갔다. 호박꽃이 피면 벌들이 수꽃과 암꽃을 옮겨 다니며 수정을 시킨다. 꽃이 활짝 열리는 시간도 정해져 있단다. 그런데 우리 집에는 웬일인지 벌이 잘 찾아오지 않아서 엄마가 직접 붓을 들고 나섰다. 열매 맺힌 위치가 조금이라도 불편해 보이면 폭신한 패드를 깔아 상처 나지 않도록 안락한 환경을 조성해 주기도 했다. 호박은 실하게도 자라서 동네 할머니들이 우리 집 앞에 멈춰 서서 한참을 구경할 정도였다. 앞집 할아버지는 엄마에게 호박 키우는 노하우를 묻기도 했다. 엄마의 가드닝 실력은 날이 갈수록 늘고 있다. 애정을 쏟아부으니 당연한 일일 것이다. 잘 키운 호박은 제주를 찾은 우리의 지인과 그림가게의 단골손님, 호박에 유독 관심을 가지고 지켜보시던 할머니에게까지 이곳저곳으로 들려 보냈다.

마당 한편의 작은 공간을 엄마는 야무지게도 나누어 가꾸고 있다. 그 작은 텃밭에 가지, 고추, 깻잎, 쑥갓, 상추, 돌나물이 가득 자라고 있다. 돌나물은 산책길에 뿌리까지 뽑아 온 것을 나물은 우리가 먹고 뿌리는 뒷마당에 뿌렸더니 어느새 뿌리내려 빼곡히 자란 것이다. 이제는 텃밭의 그 채소들이 우리 가족의 식생활을 책임지고 있다. 지금껏 사서 먹은 채소의 질과는 비할 수 없다. 양도 훨씬 늘어서 원 없이 채소를 먹으며 살고 있다. 식용 작물 외에도 작은 묘목들이 예쁘게 자라고 있다. 무화과나무, 귤나무, 대추나무, 석류나무, 블루베리, 로즈메리, 장미나무가 곳곳에 서 있다. 태풍과 눈보라로 몇몇 나무를 잃기도 해서 여태 남아 건강하게 자라는 나무들이 기특한 마음이다.

열매를 맛보는 시기가 되면 제일 좋은 것이 무화과다. 직접 기른 무화과는 어찌나 달콤한지. 하나하나 너무도 소중해 보석같이 대한다. 볼 때마다 신기한 것은 장미다. 5월에 흐드러지는 장미를 제주에서는 사계절 내내 볼 수 있다. 소담히 피고 지는 붉은 꽃을 보며 내가 조금 다른 세상에서 살고 있구나 생각한다. 초록 안에서 행복한 엄마를 바라보는 내 마음도 기쁘다. 식물을 귀하게 여기게

된 나의 태도가 반갑다. 엄마의 작은 정원에서 온 가족이
매일매일 자라고 있다.

다정에 익숙해지는 중

세화에서 성산 방향으로 걷다 보면 하도해변 앞으로 옛집을 고쳐 만든 카페가 하나 있다. 눈부신 가을볕을 맞으며 걸으면 달고 차가운 음료가 당기기 마련인데, 산책길의 적당한 지점에 마침 작고 하얀 카페가 있는 것이다. 폴도 목이 마를 타이밍이다. 눈에 들어온 그곳에서 잠시 쉬었다 가기로 했다. 한적한 곳에 외따로 자리한 카페는 그 자체로 쉼에 어울렸다.

들어가 보니 아주머니 혼자 운영하는 카페였다. 카운터 맞은편에 작은 방이 하나 있고, 열려 있는 문틈 사이로 티브이와 옷장 따위의 살림살이가 보였다. 아주머니의 안식처이자 일터였다. 카페를 연 지는 얼마 되지 않은 듯 조금은 서툴게 주문을 받으셨다. 내가 멀뚱히 서서 쳐다보는 것이 부담스러울 수 있겠다 싶어 다른 쪽으로 시선을 돌렸다. 시선이 닿는 곳에 정자가 하나 있었다. 정성껏 찬찬히 만든 음료를 건네받고 폴의 물을 챙겨 정자에 가서 앉았다. 푸르게 부서지는 물결을 멍하니 바라보며 바닷바람에 몸을 식혔다. 그날 이후로 걸어서 산책을 나가든 드라이브로 해안가를 달리든 하도해변을 지날 때면 꼭 그 카페에 들르곤 한다. 폴과 함께 우연히 발견한 곳이 우리 가족의 아지트가 되었다.

다시 찾은 카페는 조금 소란스러웠다. 동네 아주머니와
할머니가 하나둘 이곳으로 모이기 시작한 모양이었다. 너
무 정신없죠? 미안해요, 하고 주인아주머니가 사과의 말
을 건넸지만 나는 내심 좋았다. 사실 갈 때마다 다른 손님
을 보지 못해 걱정스러웠기 때문이다. 북적이는 모습을 보
니 마음이 놓였다. 여느 카페와 다르게 재미있고 따스한
곳이다. 제주에서 살 곳을 알아보던 때에 이 마을도 후보
에 있었다. 어쩌면 나도 아주머니와 이웃이 될 뻔했다. 그
랬다면 더 자주 카페를 드나들었겠지. 아주머니는 그 집
에서 태어났다고 했다. 이곳에서 태어나 결혼하고 육지에
서 살다 지금은 다시 언니 오빠들 곁으로 와서 살고 있다
고. 그리운 시절의 분위기를 고스란히 품고 있는 물건과
개조 전 옛집의 사진, 어린 날의 가족사진으로 아기자기
하게 꾸민 카페에 대해 이야기하는 아주머니의 눈이 아련
하게 반짝였다. 그 눈빛에 모든 시간이 담겨 있는 것 같았
다. 그곳에 다녀오는 길이면 살고 있다는 감각이 충만해지
는 기분이다.

집으로 오는 길에 만난 앞집 할아버지가 밭에서 수확한 쪽파와 배추를 챙겨 주셨다. 이번이 벌써 세 번째다. 밭에 아직 많으니 필요하면 언제든 와서 뽑아 가라는 말씀도 잊지 않으신다. 옆집 아저씨는 방금 캤다며 감자 한 봉지를 손에 쥐여 주었고, 그림가게에 들른 손님은 귤 한 박스를 놓고 간다. 제주 사람 다 됐네, 흐뭇해하며 이웃이 베푸는 다정에도 점점 익숙해지고 있다.

일을 마치고 한 시간 정도는 운동 겸 바다를 보며 걷는다. 세화에서 하도까지, 작고 하얀 카페를 찍고 다시 돌아오는 코스다. 늘 그 자리에 머물러 줄 풍경 속에서 느리지도 빠르지도 않게 나만의 속도를 내 보는 중이다.

돌고래를 보았다

어디로 걸어도 수평선이 보이는 날들을 보내고 있다. 파도가 제법 높은 날에는 수평선도 울렁인다. 어떤 날에는 수평선과 하늘의 경계가 희미해진다. 부드러운 회색에 파랑과 분홍을 섞은 듯 묘한 빛으로 아득하다. 세상이 몽롱해지는 시간. 산책의 끝은 바다다.

세화 바다를 보고 이곳에 살고 싶다 생각했다. 찾아오는 지인들에게 매번 자랑하듯 보여 주는 세화 바다는 정말이지 곱다. 에메랄드빛 바다는 파도가 잔잔하고, 모래사장보다는 현무암 갯바위가 더 넓게 자리해 색감의 대비가 인상적이다. 물이 빠지는 시간에 가면 그림같이 예쁜 모래사장을 볼 수 있다. 누구라도 걸음을 멈출 수밖에 없는 모습이다. 해를 거듭할수록 새삼스레 보이는 것이 하나둘 늘어 가는데 나에겐 세화 바다도 그랬다. 정착할 곳을 찾기 위해 제주의 해변을 하나하나 둘러보았고, 그렇게 마주한 바다는 전부 다 달랐다. 어쩌면 당연한 것을 나는 그제야 비로소 깨달았다는 기분이 들었다. 순간순간 달라지는 바다의 색과 파도의 결은 이전에도 분명 보았던 것일 텐데. 무언가 온전히 담고자 하는 마음이 그만큼 커진 것일까. 아니면 그때서야 내 앞의 현실을 제대로 바라보게 된 것이었나. 아주 긴 꿈에서 깬 것 같았다.

제주에 내려오기 전 K에게 전화를 걸었다. 고등학생 때 같은 미술학원에 다녔던 K는 결혼 후 제주에 자리를 잡아 살고 있었다. 이것저것 물어보고 싶은 것이 많았다. 그날 K가 나에게 결정적인 한마디를 던졌다. 그 말에 나는 제주에서 잘 살아 보겠다는 용기를 냈다.

"네가 알아보는 곳이 어디든, 제주는 좋다!"

통화가 끝나 갈 때쯤 K는, 그래서 네가 그렇게 돌고래를 그렸구나? 하고 덧붙였다. 마침 일 때문에 돌고래 그림을 열심히 그리던 때였다. 그보다 훨씬 전에 돌고래와 나뭇잎을 섞은 내 그림으로 손목에 타투를 하기도 했다. 하지만 돌고래를 본 적은 없었다. 돌고래가 나를 제주로 부르고 있는 것인가. 이 모든 게 예견되었던 일인가. 그렇게 제주에 내려와 한동안 바다를 마주하면 시선은 돌고래를 찾아 헤맸다. 그리고 어느 날 차에서 내려 우연히 바라본 바다에 돌고래가 있었다. 살면서 처음 본 돌고래였다.

초록과 바다를 담고 걸으며 나는 전과 다른 사람이 되었다. 걸으면서 불안은 무뎌졌고 걸으면서 몰랐던 나와 이야기했다. 거리를 활보하며 나에게 불필요한 군더더기를 떨쳐 냈다. 그러다 보니 간절히 바라던 것이 평범한 날들로 찾아오기도 한다. 돌고래를 처음 본 다음 날 산책길에 돌고래를 또 보았다. 그다음 주에도 돌고래를 보았다. 이제는 돌고래를 찾기 위해 애써 바다를 살피지 않는다. 매일매일 그날의 모습을 온전히 마주하고 어제보다 씩씩하게 걸어간다.

산책 좋아하세요?

'do you *like it?*'
walk
FOR YOUR EXTRAORDINARY HOLIDAY

초판 1쇄 발행 2021년 11월 3일

지은이 김혜림

펴낸이 이광재
책임편집 김난아
디자인 이창주   **시리즈 일러스트** 스튜디오 빵숭
마케팅 정가현   **영업** 노시영, 허남

펴낸곳 카멜북스   **출판등록** 제311-2012-000068호
주소 서울 마포구 성지길 25 보광빌딩 2층
전화 02-3144-7113   **팩스** 02-6442-8610
이메일 camelbook@naver.com
홈페이지 www.camelbooks.co.kr
페이스북 www.facebook.com/camelbooks
인스타그램 www.instagram.com/camelbook

ISBN 978-89-98599-87-4(03810)